# 아키토가 카드를 뽑으려고 합니다

AKITO SEEMS TO DRAW A CARD

카와타 료우고

ILLUSTRATION
요우타

옮김 | 이서연

3

붉은 눈의 흡혈 소녀

# 안젤리카
Angelica

아키토가 나츠메에게 양도받은 배틀 카드.
아키토에게 용서받지 못할 감정을 품고……?

해군 소녀 37호

# 팜
Fam

아키토가 가챠에서 뽑은 배틀 카드.
낯을 가리지만 안젤리카는 잘 따른다.

"언니!"
"앗…… 그게 무슨…….”

스피드 스타

# 미체트
Michette

스피드 중심의 배틀 카드.
에이스급 전투 능력을 지녔다.

**타카츠키 아키토**
Akito Takatsuki
전직 탄광 노동자인 카드 마스터.
카드를 매우 사랑한다.

**캐롤**
Carol
아키토가 뽑은 운명의 비서 카드.
돈을 매우 사랑한다.

승리 후 뒤풀이
wrap-up party

그 한 점을 노리고 혼신의 힘을 다하여
안젤리카가 손톱을 휘둘렀다.

AKITO SEEMS TO DRAW A CARD

# CONTENTS

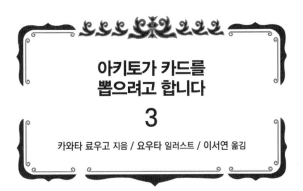

# 아키토가 카드를 뽑으려고 합니다
# 3

카와타 료우고 지음 / 요우타 일러스트 / 이서연 옮김

컬러, 본문 일러스트 · **요우타**

"그럼…… 새로운 동료를 맞이하러 갈까!"

한 대의 커다란 기계와 의자가 놓였을 뿐인 살풍경한 방에 아키토의 즐거워하는 목소리가 울렸다.

타카츠키 아키토. 히나토인치고는 큰 몸집에 다소 투박한 얼굴을 한 이십 대 초반의 남자다.

카드의 조작 기술로 세계의 패권을 겨루는 컴퍼니 VS 컴퍼니, 통칭 CVC에 도전하기 위해 매일 카드 조작 실력을 키우고 있는, 지금은 아직 이름도 알려지지 않은 마스터 중 한 사람이다.

그런 아키토에게 옆에 선 작고 마른 소녀가 말을 걸었다.

"마스터…… 정말 이해한 거 맞죠? 이게 한 번에 10만GP를 쓰는 E랭크 가챠라는 거. 한 번에 10만이라고요, 십·만! 10만이나 있으면 잔뜩 쓸 수 있다고요……! 경건하게 돌리시라고요, 경건하게! 10만만큼 기합을 팍 넣고!"

"알고 있다니까, 캐로. 그렇게 몇 번이나 강조하지 마."

귓가에서 10만, 10만 소리를 지르는 소녀에게 질색한 얼굴로 아키토가 대답했다.

그녀의 이름은 캐롤 올드리치. 가녀린 몸에 은색의 아름다운 머리를 뒤로 땋아 내린, 어딘가 고양이를 연상케 하는 소녀다. 얇은 남색 상의에 다소 짧고 하늘거리는 치마를 입

11

었고, 그 밑으로 검은 스타킹으로 감싼 아름다운 다리가 쭉 뻗어 있다.

그 예쁜 얼굴은 미소녀라 해도 좋겠으나, 몸매는 150센티 미터 정도의 키에 알맞게 날씬하므로 가슴 또한 공기 저항을 전혀 느끼지 못할 만큼 평탄했다.

그런 그녀는 마치 사람처럼 보이지만, 정체는 비서 카드라 불리는 카드에서 나온 존재이다.

비서 카드란 여신이 이 세상에 선사한 '가챠'라 불리는 기계에서 배출되는 신비한 힘을 지닌 카드를 말한다. 인간은 그 카드를 손에 넣어 해방의 주문 '콜'을 외워 카드의 내용물을 꺼내 자유자재로 다룰 수 있다.

그 용도는 오락이나 생활용품, 나아가 전투 등 다양하며 비서 카드라는 종류는 한 번 콜만 하면 일 년의 유효기간이 끝날 때까지 주인을 최선을 다해 보좌하는 비서가 나온다.

그런 비서 카드 중 하나인, 애칭 캐로인 캐롤은 아키토가 인생을 걸고 큰 승부에 임한 끝에 뽑아 지금은 최선을 다해 그 보좌를 해주는 몸이다.

──다만 곤란하게도 그녀에게는 한 가지 큰 문제가 있었다. 그것이.

"아니요, 모르신다고요! 요즘 크게 이겼다고 돈을 허투루 쓰면 안 된다고요! 돈이란 것은 많이 모았더라도 한 번 물꼬가 트이면 순식간에 흘러가고 마는 법이라고요! 돈은 계속 모아야만 가치가 있는 거예요! 아시겠어요? 10만GP라는 건 말이죠······!"

엄청난 수전노라는 점이다. 무턱대고 돈이라면 사족을 못 쓴다. 돈을 아까워한다. 돈을 모으는 것을 너무나 좋아하고, 남이 큰 손실을 보는 모습을 보는 것도 매우 좋아한다. 그런 성격이기에 틈만 나면 이렇게 폭주하여 돈에 대해 떠들기 시작하는 것이다.

"알겠어, 알겠어. 하지만 나에게 이 가챠를 권한 사람은 너잖아, 캐롤."

"윽······. 그야 뭐, 그렇지만요······."

아키토의 반론에 캐롤이 바로 위축되었다. 그렇다. 아키토에게 1회 10만이나 하는 이 가챠를 권한 사람은 바로 이 캐롤이었다.

얼마 전까지 아키토는 나츠메와 멜리사라는 동료들과 팀을 짜고 즐거운 시간을 보냈다. 그러나 그 팀은 우여곡절 끝에 해산하게 되었고, 아키토는 솔로 마스터로 돌아온 참이었다.

그런데 그렇게 되고 나서 아키토에게 어쩐지 패기가 없어져 멍하니 시간을 보내는 일이 많아졌다. 그것을 걱정한 캐롤이 분위기를 전환하기 위해 이렇게 가챠를 제안한 것이다.

그리고 이곳은 아키토가 사는 히나토국의 토요마시에 있는 도시의 옆 마을이다. 지금은 이곳을 좌지우지하는 CVC

참가자의 E랭크 가챠를 시간당 10만GP로 빌린 상태이다.

"가챠로 새로운 카드 동료를 손에 넣고, 그들과 함께 다시 활동을 시작하자. 그러기 위해 오늘 온 거잖아? 그럼 손에 넣을 때까지 열심히 돌려야지. 안 그래?"

"그, 그렇지만요……."

"걱정하지 마. 반드시 R랭크의 강력한 동료를 뽑을 테니까. 아니 SR을 갑자기 뽑아서 CVC로 단숨에 올라갈지도 몰라. 왜냐하면 지금, 난 최고로 가챠운이 따르고 있으니까!"

"……하아……."

마음 편한 소리를 하며 헤실헤실 웃는 아키토를 향해 캐롤이 차가운 시선을 보냈다. 랭크란 가챠에서 나오는 카드의 등급을 말하며, 카드에는 최소 N랭크부터 R, 그 위로 SR에 나아가 최고 랭크인 UR까지 차등을 두어 설정되어 있다.

지금 아키토가 노리는 것은 그 중 R과 SR이다. 강력한 R랭크를 뽑는다면 앞으로가 편해지고, 만에 하나 SR을 뽑으면 그 가치는 1000만 수준. 그것을 손에 넣으면 아키토가 바라는 컴퍼니 VS 컴퍼니에 도전하는 것도 가능해진다.

'드디어 꿈이 가까워졌어……. 여기서 좋은 걸 뽑으면, 나도 꿈의 무대에 오를 수 있어. 괜찮아, 난 지금 운이 좋아, 그야 캐로도 뽑았으니까……!'

아키토는 본래 이 가챠 뽑기가 인생을 결정하는 세계에서 자신의 형편없는 가챠운을 한탄하던 남자였다.

그도 그럴 것이, 뽑는 카드마다 모두 꽝이라서, 노동 가챠에서 도움이 되는 것을 뽑은 적이 없을 정도였기 때문이다.

이 세계는 본래 신이 없는 세계였다. 인간은 철기를 들고 서로 죽였고, 그저 무턱대고 패권을 겨루어 댔다. 그러나 어느 날 그곳에 여신이라 칭하는 아홉 존재가 나타나 인간에게 가챠라 불리는 기계와 카드를 선사했다. 그리고 그날부터 세계는 여신들과 그녀들이 만들어 낸 것을 중심으로 돌아가기 시작했다.

그런 세계에서 아키토는 1000만 이상의 가치를 지닌 비서 카드 캐롤을 뽑았다. 그러한 성공 경험을 잊지 못하고, 지금도 자신에게는 가챠운이 따른다고 믿어 의심치 않았다.

"하지만 말이죠, 안 될 것 같으면 물러나야……."

"보고 있으라니까. 일단 뽑아볼게. 나에게는 지난 시합에 이기고 얻은 1000만이 있어. 종잣돈은 충분하니, 결과는 정해져 있다니까!"

여전히 미심쩍어하는 캐롤에게 아키토가 흥분된 어조로 대답했다. 얼마 전 아키토는 동료들과 함께 익스플로드라 칭하는 팀과 대전하여 멋지게 승리했고, 그 상금으로 1000만 정도의 돈을 손에 넣었다.

CVC에 도전하기 위한 자금으로 저축하고 싶기는 하지만, 이것을 써서 가챠에서 강력한 카드를 손에 넣는다면, 더 많은 대전에서 승리하여 자금을 늘리는 것도 가능해질 것이다.

그러나 무엇보다 카드 마니아인 아키토에게는 새로운 카드가 손에 들어오는 것 자체가 기뻐서 참을 수가 없다. 지금까지 고작 한 장의 카드로 계속 싸워온 아키토에게 이것은 처음으로 다른 카드를 손에 넣는 기회이기도 했다.

"······알겠다고요······. 하지만 돈을 너무 쓰면 장래에 영향을 미칠 거예요. 정말 안 될 것 같으면 바로 물러나시라고요, 마스터."

"그래, 맡겨둬! 좋아······ '홀더 온'!"

후우, 한숨을 쉬며 포기한 얼굴을 한 캐롤이 권하자, 아키토는 자신의 카드 홀더를 주문을 외쳐 불러냈다.

아키토의 앞에 부유하는 책과 같은 형태를 한 그것, 카드 홀더는 그 이름대로 카드를 보관하기 위한 장치이지만, 그 외에도 타인과의 카드 거래 기능과 주인의 몸을 지키는 LP(라이프 포인트) 기능, 그리고 자신의 자금을 넣어두는 기능이 달려 있다.

그것을 가챠에 연동시키면, 굳이 현금을 가져오지 않더라도 거기서 자금을 직접 투입하여 가챠를 돌릴 수 있게 된다.

"연동 설정 완료······ 그럼 간다, 캐로! 자, 어서 와줘, 나의 새로운 동료들!"

"적어도 별로 손해는 나지 않을 카드를 뽑아 주세요······! 최소한 9······ 아니, 8만 정도는 가는 걸로!"

설정을 마치고, 아키토는 가챠 버튼에 손을 올렸다. 그 뒤에서 캐롤이 빼꼼 들여다보며 초조한 얼굴로 말하자, 아키토는 손가락에 힘을 꾹 주어 버튼을 눌렀다.

그리고 잠시 뒤…… 짠, 하는 아무 느낌도 없는 짧은 효과음이 울려 퍼지고, 가챠 배출구에서 무심하게 카드가 튀어나왔다.

"…………."

"…………."

둘이서 침묵하며 그 카드를 지그시 바라보았다. 나온 카드의 가치는 가챠의 연출이나 효과음으로 대충 알 수 있다. 지금은 아무런 연출도 없고, 또 최소한의 효과음밖에 나지 않았다.

아키토는 진지한 얼굴로 그 카드를 살며시 들어 확인했다.

그 카드에는 랭크: N이라는 표시와 함께 슈퍼 등에서 자주 보는 간장 그림이 그려져 있었다.

**아이템 카드: [간장] 랭크N**

**콜하면 간장이 나온다. 특매품.**

"……으아아아아아아아아아아아아악!!"

캐롤이 그 자리에서 무너졌다.

"10만이…… 나의 10만이, 100GP짜리 간장이 되었어어어어어! 으아아아아아아아앙, 나의 9만 9900GP가 날아가 버렸어어어어어!!"

그대로 울면서 외쳤다. 10만을 쓴 결과가 이래서야 어이가 없는 꽝을 뽑았다고 말하지 않을 수 없다.

캐롤의 그런 모습을 보며 떨떠름한 얼굴로 아키토가 말했다.

"진정해, 이제 첫 번째잖아……. 이런 일도 있는 법이야. 오히려 첫 번째에 완전히 꽝을 뽑은 덕분에 액땜한 걸지도 몰라. 자, 보고 있어, 지금부터가 진짜야!"

아키토가 다시 힘차게 버튼을 눌렀다. 그러자 다시 허접한 효과음이 울려 퍼지며 카드가 무심하게 툭 튀어 나왔다.

둘이서 가만히 카드를 바라본 뒤, 손에 들어 확인하자 랭크: N이라는 표기와 함께 [아이템 카드: 과자 세트]라는 카드 이름과 많은 과자 그림이 표시되어 있었다.

대체로 30GP나 40GP쯤 하는 *싸구려* 과자이다.

"…………."

"……그렇게 노려보지 마, 캐롤. 지금부터 시작이야, 지금부터……."

고양이처럼 동공이 커진 채 노려보는 캐롤에게서 슬쩍 눈길을 피하며, 아키토는 다시 버튼에 손을 댔다.

이럴 리가 없다. 나의 운은 지금 최고조이다. 비싼 비서 카드를 손에 넣었고, 시합도 계속 이겼고, 얻기 힘든 친구

와도 만났다.

그런 자신이 이런, 옛날같이 쓰레기만 연속으로 뽑을 리가 없다.

'맞아, 그럴 리가 없어⋯⋯. 어서 와줘, 새로운 동료여! 나는 널 환영하겠어⋯⋯!'

기합을 넣고 버튼을 눌렀다. 싸구려 효과음과 함께 싸구려 카드가 튀어 나왔다.

세 장째. 아이템 카드 [겨울용 보라색 트레이닝복].

네 장째. 어떤 카드에 쓸 수 있는지 모를 스킬 카드 [괴로운 암내 공격].

다섯 장째. 바라던 배틀 카드이기는 하지만, 유감스럽게도 N등급인 [전신 타이츠 가면 타츠맨].

이어서 [산 쪽의 조금 맛있는 물 1다스], [다기능 자전거 어린이 안장 포함], [강가에서 빛나던 돌] 그 외에 여러 가지, 여러 가지⋯⋯.

"⋯⋯으아아아아아아아아아아악!!"

캐롤이 절규했다. 그러고는 아키토에게 달려들어 마구 흔들기 시작했다.

"무슨 짓을 하는 겁니까, 마스터어어어! 뭐예요, 이 끔찍한 결과는⋯⋯! 어쩌실 거냐고요, 제 도오오오오온! 윽⋯⋯우웨에에에엑⋯⋯!"

"자, 잠깐만, 토하지 마!! 돈을 잃은 걸로 속이 뒤집히면 안 되지! 아니, 진정해, 이런 일도 있는 법이잖아……!"

"없어! 이 E랭크 가챠라면 R랭크가 많이 나오니까 온 거라고요오오오오! 200만이나 써서 쓰레기밖에 못 뽑다니, 대체 운이 왜 이래요?! 이런 폭사 연발! 이제 그만두자고요, 후퇴, 후퇴!"

캐롤이 몸으로 퍽퍽 밀어내며 책망했다. 그것을 혼신의 힘으로 막아내며 아키토가 대답했다.

"바보야, 여기서 그만둘 순 없잖아……! 이만큼 돈을 쓰고, 새로운 동료도 얻지 못하고 마음 편히 돌아갈 수 있겠냐고! 조금만 더, 바로 코앞까지 왔을 거라니까!"

"그거, 도박에서 잃은 사람이 자주 하는 말이잖아요오오!"

아키토의 눈이 다소 충혈되어 있었다. 이것은 도박을 하는 인간이 빠지기 쉬운 마음으로, 이미 투자한 돈이 아까워 그에 맞는 결과를 손에 넣을 때까지 그만두지 못하는 상태이다.

이렇게 되면 손익 계산을 할 수 없게 되어, 지금부터 잃는 돈보다 이미 잃은 돈이 더 머리에 남고 만다. 즉, 파산하는 첫걸음이다.

"카드라면 그냥 거래로 사면 되잖아요! 비싼 카드를 사도 돼요, 특별히 허락할게요! 그러니 이제 가챠는 그만하자고요, 네? 네? 부탁이니까요!"

캐롤이 매달려 필사적으로 설득했다. 아키토는 곤란한 표

정을 지으면서도 어떻게든 캐롤을 떼어내며 말했다.

"알겠어, 알겠어……. 그럼 앞으로 열 번만 돌리고 안 되면 포기할게. 그럼 카드는 다른 사람에게서 사는 걸로 하자. 그럼 됐지, 캐로? 응?"

"……뭐, 돈의 주인인 마스터가 그렇게 말한다면……. 다만 마스터, 잊지 마세요. 열 번이면 100만이라고요? 예전의 마스터가 그만큼 벌려면 얼마나 걸렸죠? 마스터의 금전 감각, 이상해지지 않았나요……?"

"윽……."

저절로 말문이 막혔다. 캐롤의 말이 옳다. 100만은 지금도 무척이나 큰돈이다. 그리고 이미 200만 정도를 거의 찰나의 시간 동안 잃었다.

예전의 자신이라면 생각할 수 없을 만한 과소비다. 지난 대전에서 1000만을 손에 넣은 것, 그리고 새로운 카드 획득에 혈안이 되는 바람에 완전히 감각이 어긋나고 만 모양이다.

'근거도 없는 자신감을 내세워 무턱대고 써 버렸어……. 난 원래 가챠운이 없었는데. 정신이 나갔지…….'

점점 반성하는 마음이 커졌다. 열 번이라고 말했지만, 결과가 따르지 않는다면 좀 더 일찍 그만두는 편이 나을지도 모른다. 결국 자신은 가챠에 의존해서는 안 될지도 모른다.

그런 생각을 하며, 아키토는 무심코 가챠 버튼을 눌렀다. 아까까지의 물욕 가득한 마음과 다른 무심한 뽑기다.

──그리고 그 순간. 가챠에서 지금까지와 다른 호화로운 팡파르가 울려 퍼지며, 반짝거리는 그 본체가 빛을 내뿜기 시작했다.

　　"으앗……?!"

　　"헉, 뭐야, 뭐야?! 무슨 일이에요?!"

　　아키토가 놀란 소리를 내자, 뒤에서 침울한 눈을 하고 있던 캐롤이 후다닥 다가와 가챠를 살펴보았다.

　　이윽고 팡파르가 멈추고, 빛과 함께 가챠 배출구에서 한 장의 카드가 나왔다. 아키토는 캐롤과 눈을 마주치고, 꿀꺽 침을 삼킨 다음 조심스럽게 그것을 들었다.

　　그리고 천천히 표면을 확인했다.

　　그러자 그곳에는.

　　"……이건…….."

　　──그곳에는 [행성연합군 특수부대 허미츠 소속 스피드 스타]라는 카드 이름과 랭크: R이라는 표기와 함께 AP: 5800과 DP: 3000이라는 높은 스테이터스가 표시되어 있었다.

1

"좋아! 그럼 가자, 캐로!"

여신이 만들어낸 가상 세계 관리 시스템, '데우스 엑스 마키나'.

그 내부에 빌린 프라이빗 에어리어에 아키토의 활기찬 목소리가 울렸다.

프라이빗 에어리어는 주인이 원하는 환경으로 설정할 수 있다. 현재는 사각으로 넓은, 하얀 벽으로 둘러싸인 방으로 설정되어 있다.

그 방에서 아키토와 마주한 사람은 비서 카드인 캐롤이다. 그녀와 아키토는 함께 카드를 손에 들고 있고, 캐롤이 자신만만한 미소를 지으며 대답했다.

"좋아요, 마스터! 요즘 자주 이겨서 거만해진 모양인데, 사실 저는 카드의 조작 기술도 일품! 지금부터 깨갱 하고 귀여운 강아지처럼 소리를 지르도록 충분히 깨닫게 해드릴 테니 각오하시죠! 자, 가자, 로미오!"

그런 캐롤의 앞에는 온몸을 갑옷으로 감싸고 검과 방패로 무장한 나이트풍 카드가 무뚝뚝한 얼굴로 서 있었다. 그의 카드명은 [어둠에 강림한 어둠을 물리치는 백은의 어둠을 베어내는 나이트], 알파 로미오.

아키토의 첫 파트너이자, 최고의 나이트를 자칭하는 카드
이다.

[어둠에 강림한 어둠을 물리치는 백은의 어둠을 베어내는 나이트]
랭크: R
AP: 3800 DP: 4000 유일무이한 나이트 남성

"……흥. 왜 내가 빈약한 비서에게 조종당하지 않으면 안
되지? 나는 아키토의 나이트인데."

"흥, 나도 너 같은 거 쓰고 싶지 않아! 하지만 마스터가 새
로운 카드를 연습하고 싶다고 하니까 어쩔 수 없잖아!"

불만에 찬 코웃음을 치며 로미오가 말하자, 캐롤이 지지
않고 따졌다.

이 두 사람은 만났을 때부터 너무 성격이 맞지 않아 일만
있으면 이런 식으로 싸워댔다.

그런 로미오에게 아키토가 말을 걸었다.

"미안해, 로미오……. 하지만 어떻게든 새로운 동료와,
방어가 단단한 상대를 상정한 전투 훈련을 해두고 싶어. 의
지할 만한 사람은 너뿐이니 부탁할 수 없을까?"

"……마스터가 그렇게 말한다면 어쩔 수 없군. 하지만 거
친 환영이 되더라도 나이트는 봐주지 않을 텐데?"

담담한 얼굴로 그렇게 대답하며, 로미오가 아키토의 앞에
선 남자를 노려보았다.

키가 크고, 잘 정돈된 검은 머리를 가진 그 남자는 로미오
의 말에 당당한 미소로 응수했다.

"이거 참, 무섭네. 선배, 모쪼록 살살 해주십쇼. 후배란 귀
여운 거 아닙니까, 네? 그렇잖아, 알파 로미오 씨."

어딘가 여유로운 분위기가 감돌지만, 어쩐지 믿음직스러
운 남자. 아키토가 가챠에서 불러온 새로운 동료, [행성연
합군 특수부대 허미트 소속 스피드 스타]이다.

**[행성연합군 특수부대 허미트 소속 스피드 스타]**
AP: 5800 DP: 3000 사이보그 남성

미체트의 턱부터 아래는 은색 장갑으로 뒤덮인…… 아니,
은색 기계로 만들어져 있다.

미체트는 '스타 게이저 크로니클'이라는 우주를 무대로 한
세계관을 지닌 시리즈의 카드이며, 그 육체는 경이로운 과
학력으로 기계로 교체되었다.

전에 아키토의 동료가 사용하던 카드 [안드로이드 워리어
부대02 에이브러햄]과 같은 시리즈지만, 에이브러햄이 완
전한 기계였던 것과 달리, 여기 미체트는 몸은 기계지만 두
뇌는 인간의 것이라고 한다.

일명 사이보그라는 분류에 해당하는 것이다.

"……나는 어중간한 녀석은 동료라 인정하지 않는다. 사이보그인지 뭔지 모르지만, 후배를 칭하기엔 시기상조."

"하하, 그런가. 뭐, 하긴. 우린 싸우는 게 다인 배틀 카드야, 일단은 실력부터 보여줘야겠지."

로미오가 표정을 바꾸지 않고 말하자, 미체트가 쓴웃음으로 대답했다. 미체트는 로미오의 까다로운 성격을 이해했는지, 아니면 그것을 받아들일 도량을 지닌 듯했다.

"그래, 이야기는 나중에 해도 돼! 아무튼 한 번 싸워보자, 알겠지! 어서!"

그때 아키토가 더는 참을 수 없다는 듯 끼어들었다.

미체트를 손에 넣고 몇 시간. 아키토는 돌아가는 중에도 어서 써보고 싶어 참을 수 없는 얼굴로 계속 카드를 응시했다.

"참을성이 전혀 없는 아이 같네요……. 알겠어요, 그럼 시작해 볼까요. 가자, 로미오! 시키는 대로 잘 따르라고!"

그렇게 말하며 캐롤이 로미오를 전진시켰다.

본래 카드인 그녀는 같은 카드를 조작할 수 없다. 그러나 프라이빗 에어리어는 예외이다. 이곳만이라면 비서 카드는 마스터의 연습을 돕는다는 목적으로 조작이 가능하다.

지금까지는 배틀 카드가 로미오밖에 없었으므로 불가능하였지만, 장수가 늘어난 지금이라면 둘이서 모의전이 가능하다. 카드의 조작 기술은 비서 카드에 따라 각각 다르지만, 캐롤은 이것에 꽤 자신감을 갖고 있었다.

'솔직히 마스터의 조작을 보고 답답할 때도 있었으니까. 새로운 카드를 얻어 신난 때에 미안하지만, 지금까지의 울분을 푸는 것도 겸해서 제대로 혼쭐을 내줘야겠어.'

히죽히죽 웃으며 짓궂은 생각을 했다.

그렇다. 이 마스터 때문에 온갖 스트레스가 쌓였다. 가끔은, 그래 가끔은 이런 기회에 울분을 풀더라도 아무도 뭐라 할 수 없을 거다……!

그런 캐롤의 마음을 아는지, 모르는지 아키토가 웃으며 미체트에게 말을 걸었다.

"미체트라고 불러도 되지? 너의 힘…… 직접 확인하겠어."

"오오, 좋고말고, 마스터! 확인하고 싶으면 얼마든지 해. 아끼지 말고 온 힘을 다하자. 뭐, 그 무엇보다…….."

미체트가 스윽 앞으로 기울어진 자세를 취하며 씩 웃는 얼굴로 말을 이었다.

"——당신이 나의 모든 힘을 이끌어 낼 수 있다면, 말이지만."

그 순간. 미체트의 모습이 사라졌다.

"아닛?! 뭐야, 어디 갔지?!"

놀란 캐롤이 주위를 두리번거리며 놀란 소리를 냈다.

분명 눈앞에 있던 미체트의 모습을 놓치고 말았다. 말도 안 되는 일이다. 찾아도 전혀 그 모습이 보이지 않는다……

아니, 아니다.

소리다. 음속으로 무언가가 달리는 소리가 희미하게 들렸다.

그 소리가 들리는 방향은…… 오른쪽!

"거기냐!"

그것을 발견한 로미오가 소리가 난 방향으로 방패를 들었다.

그 순간, 큰소리가 울려 퍼지며, 방패에 무언가 커다란 것이 부딪혔다.

"크으……!"

엄청난 충격이다. 확실히 막았을 터인 로미오의 몸이 기세에 눌려 뒤로 밀렸다.

바닥에 자국을 내며 어떻게든 버티고 나서 확인하자, 놀랍게도 방패를 때린 것의 정체는 미체트가 날린 발차기였다. 순간적으로 가속하여 오른쪽 방향에서 호를 그리며 달려온 미체트가 초음속으로 발차기를 가한 것이다.

"흐음, 막았나. 제법인데, 단단해 보이는 외모는 허세가 아니었나."

공격이 막힌 미체트가 착지하며 미소를 지었다.

인사 대신 선사한 일격이 이렇게까지 완벽하게 막힐 줄이야.

"말도 안 돼, 이 녀석 뭐야, 너무 빠르잖아……!"

그때 캐롤이 무심코 감탄사를 내뱉었다. 너무나 급격한 가속. 속도가 너무 빨라 놓치고 말 정도의 카드는 R랭크에는 그리 없다.

그렇게 캐롤과 로미오 콤비가 놀란 사이, 미체트가 다시 뛰어올라 로미오의 바로 위에서 두 다리로 짓밟을 듯이 연속으로 걷어차려고 했다.

"자, 자, 자! 방패는 횡방향은 막기 쉬워도, 위는 그렇지 않아. 어때 로미오 씨, 발차기의 융단폭격 맛이!"

"큭…… 이 자식……! 얕보지 마라!"

미체트의 발차기가 로미오의 방패며 어깨를 가격했다. 어떻게든 버티면서 로미오는 검으로 미체트를 노리고 힘차게 휘둘렀다.

"어이쿠, 무서워라!"

그러나 공중에서 몸을 비틀어 검을 쉽게 피하고는 미체트가 훌쩍 착지했다.

자세를 가다듬은 로미오가 다시 달려가 연속으로 검을 휘둘렀으나, 미체트는 후퇴하며 하늘하늘 그것들을 모두 피했다.

"훗, 나쁘지 않은 검술이지만 속도가 부족해. 그래서는 별 한 바퀴를 다 돌아도 날 붙잡을 수 없을걸."

"무슨 소리를…… 윽!"

로미오가 무언가 대꾸하려는 순간, 미체트가 그림자처럼

스르륵 거리를 좁혀 창처럼 날카롭게 주먹을 뻗었다.

AP 5800의 일격이다. 그것을 배에 맞는 바람에 아무리 방어에 특화된 로미오라도 고통스러운 신음을 내지 않을 수 없었다.

"오호라, 꽤 하는데, 새로운 마스터 씨는. 난데없이 실전인데 나쁘지 않아. 몸이 가볍게 느껴져…… 이거 궁합이 좋은 상대에게 뽑힌 걸지도."

중얼거리며 미체트가 연속으로 주먹을 날렸고, 로미오는 그것을 필사적으로 막았다.

방어에 급급한 상황에 캐롤이 초조한 소리를 냈다.

"똑바로 해, 로미오! 저쪽이 더 강하다고 해도 신입에게 쉽게 지는 건 용납할 수 없잖아! 꼴사납게 굴지 마, 어서 물리쳐!"

"솔직히 말하면 네 조작이 서툰 탓이다만?!"

서로 불평하면서도 로미오가 요격 자세를 취했다. 이쯤되니 눈이 익숙해져 어떻게든 미체트의 모습을 포착할 수 있게 되었다. 그러나 방패를 들고 검을 휘둘러도, 미체트는 좌우로 몸을 흔들어 태연하게 피해버렸다.

그리고 미체트는 로미오가 크게 휘두른 가로로 베는 공격에 자세를 낮춰 바로 피하고는 곧장 로미오의 턱 밑에 미체트의 발이 딱 댔다.

"……한 판, 이라고나 할까. 어때, 형제. 이걸로 동료로 인정해 주겠어?"

"……흥……."

여유로운 미체트의 말에 로미오는 분한 듯했다.

그러고는 검과 방패를 내리고 씁쓸한 목소리로 대답했다.

"사용자가 반대였다면 이기는 건 나였다. 그것을 잊지
마라."

"물론이지, 형제. 당신이 선배, 나는 후배. 경의는 표하겠
어. 잘 부탁해."

"……이것의 어디가 경의를 표하는 태도인지가 의문이
다만?"

로미오의 어깨에 팔꿈치를 올리며 붙임성 있게 웃으며 말
하는 미체트에게 로미오가 곁눈질로 노려보며 지적했다.

그러나 아무래도 로미오 역시 미체트를 인정한 모양이다.

"……대단해, 이게…… 이게 R랭크 상위에 속한 카드의
성능인가……."

그런 두 장을 보며 아키토가 흥분이 가라앉지 않는 모습
으로 말했다.

아키토가 손에 넣은 이 미체트는 우수한 R랭크로 유명한
카드이다.

6000에 근접한 AP에 기계화된 몸으로 가하는 날카로운
체술, 그리고 무엇보다 그 속도. R랭크의 최고봉이라 일컬
어지는 그 속도는 상위 랭크인 SR에도 뒤지지 않는다고 할

정도다.

"그런 대단한 카드를 스스로 뽑다니, 난 왜 이렇게 운이 좋을까! 우오오옷……! 역시 나에겐 가챠운이 따르고 있어!"

흥분한 얼굴로 아키토가 외쳤다. 그것을 싸늘하게 쳐다보며 캐롤이 말했다.

"뭐, 확실히 미체트를 뽑은 건 다행이지만요……. 팔면 가챠에 쓴 돈보다도 비싼 값이 붙을 것 같은 카드고요."

미체트는 고성능인 만큼 거래 가격이 400만 밑으로는 떨어지지 않는다.

아키토는 가챠를 30회, 즉 300만GP를 썼으니 미체트를 타인에게 팔면 그 손해를 메우고 심지어 이득이 생기게 된다.

한마디로 가챠는 성공했다고 해도 좋다. 그러나.

"미리 말해 두겠는데, 난 미체트를 팔지 않을 거야, 캐로! 미체트는 나의 카드니까 절대 안 팔아! 저어어어얼대로!"

콧김을 내뿜으며 아키토가 선언하자, 캐롤이 어이가 없다는 표정을 지었다.

"네, 네, 알고 있어요……. 그렇게 말할 줄 알았다고요. 하지만 그럴 거면 미체트를 써서 시합에 나가 벌지 않으면 안 된다는 거 알고 계시죠? 400만 이상을 벌려면 꽤 많이 이기지 않으면 안 된다고요. 그 부분도 생각해 주세요."

"물론이야. 걱정하지 말고 있어. 난 이길 거야, 앞으로도 많이. ……그래, 새로운 동료들과 함께."

말하며 아키토가 옆으로 시선을 보냈다. 그곳에는 다른 세 명이 서 있었다.

그들은 교복 같은 것을 입은 소년과 고딕 롤리타풍의 의상을 입은 소녀, 그리고 한층 더 키가 작은 소녀.

그들 세 사람…… 아니, 세 장 중, 교복 차림의 소년에게 아키토가 말을 걸었다.

"자, 다음은 네 차례야. 너의 실력을 나에게 보여줘…… 요시히코."

"……제 차례입니까. 이거 참, 곤란하군요……."

시키는 대로 교복 소년이 앞으로 나왔다.

장식이 달린 독특한 교복을 입고, 허리에 검을 차고, 짧지만 잘 꾸민 헤어스타일을 한 소년. 외모는 나쁘지 않지만, 이상하리만치 가는 눈이 다소 전체적인 균형을 무너뜨리고 있다.

그의 카드명은 [리비도* 전사 요시히코]이다.

미체트 다음에 가챠에서 나온 R랭크 배틀 카드다.

[리비도 전사 요시히코]

AP: 3200 DP: 2000 학생 투사 남성


"저, 싸우는 건 잘 못 하는데요. 꼭 해야 하는 겁니까?"

"배틀 카드가 싸우는 걸 못한다니 무슨 소리야……? 됐으

―――――――
* 성적 충동

니까 어서 움직여."

엉뚱한 소리를 하는 요시히코에게 캐롤이 싸늘한 눈으로 지적했다.

싸우는 것이 역할인 배틀 카드가 무슨 말을 하는 것인가.

"무리한 일은 시키지 않을 테니 괜찮아. 함께 열심히 하자, 요시히코…… 아니, 너에게는 군을 붙이는 게 좋으려나. 잘 부탁해, 요시히코 군."

"후우. 솔직히 남자에게 어떻게 불리든 아무래도 좋으니까 마음대로 하시죠. ……그런데 한 가지 말씀드려도 될까요, 마스터. 어차피 싸워야 한다면 전 저쪽의 비서 카드 씨에게 쓰이고 싶습니다만."

"엥, 나에게?"

의욕이 넘치는 아키토에게 요시히코가 나른한 얼굴로 말하자, 캐롤이 놀란 소리를 냈다.

그러자 요시히코는 캐롤 쪽으로 몸을 돌려 생글생글 웃으며 말을 이었다.

"네, 그쪽이 저도 의욕이 나니까요. 어차피 연결될 거면 여성이 더 좋습니다. ……그런데 이름이 캐롤 씨라고 했던가요. 그냥 캐롤이라고 불러도 되겠습니까?"

"……딱히 상관없는데……. 그럼 마스터, 어쩔 수 없으니 요시히코는 제가 쓸게요."

"뭐, 본인이 그걸 바란다면 어쩔 수 없지……."

요시히코를 직접 써보고 싶었던 아키토는 아쉬운 표정을 지었으나, 그것이 본인의 바람이라면 어쩔 수 없다며 마음을 달랬다.

그리고 나머지 두 사람 중, 고딕 롤리타풍의 옷을 입은 소녀에게 시선을 보냈다.

"그럼 난 저쪽과 함께할게. ……부탁할 수 있을까, 안젤리카."

아키토가 그렇게 말을 걸자, 눈길을 피하고 있던 안젤리카라 불린 소녀가 조금 곤란한 듯 고개를 숙였다.

그러나 이윽고 아키토에게 가까이 다가가 눈을 내리깐 채 대답했다.

"네, 마스터……. 잘, 부탁드립니다……."

안젤리카. [붉은 눈의 흡혈 소녀]라는 이름을 지닌 배틀 카드이다.

고딕 롤리타를 연상케 하는 상의에 하늘하늘한 짧은 치마, 검은 롱부츠에 왼쪽 눈을 붉은 안대로 가린 소녀의 모습이다.

내성적으로 보이는 얼굴에 짧은 머리의 그녀는 아키토가 직접 뽑은 것이 아니라, 얼마 전까지 팀을 짰던 친구 나츠메가 양도해 준 것이다.


**[붉은 눈의 흡혈 소녀]**

**AP: 4500 DP: 3000 흡혈귀 여성**

"그래, 잘 부탁해. ……그럼 요시히코 군은 캐로가, 안젤리카는 내가 조작해서 한 번 더 모의전을 하자, 알겠지?"

말하면서 안젤리카의 카드를 쥔 아키토가 자세를 잡았다.

아키토에게 조종되며 긴장한 얼굴의 안젤리카가 스르륵 자세를 낮추고, 양손을 앞으로 내밀자 손톱이 쑥 늘어나 검처럼 예리해졌다.

은은하게 빛나는 새빨간 손톱. 이것이 바로 안젤리카의 무기이다. 날카로운 손톱에 의한 참격과 가벼운 체술. 그것이 흡혈귀인 안젤리카의 싸움법이다.

"아무튼. 좋아, 요시히코. 내 조작대로 열심히 해야 해…… 간다!"

"당연하고 말고요, 캐롤. 이 요시히코에게 부디 모든 것을 맡겨 주십시오, 후후후."

캐롤이 말을 걸자, 그 옆에 선 요시히코가 수상쩍은 미소와 함께 검집에서 검을 뽑았다.

그러나 그곳에는.

"……뭐야?! 아니 너, 그게 뭐야! 네 검, 날이 없잖아! 어떻게 된 거야?!"

캐롤이 놀라서 외쳤다. 그렇다. 요시히코의 손에 쥐어진 그것은 날이 없이, 칼자루와 코등이 부분밖에 존재하지 않았다.

"아니, 요시히코라고 했나, 넌 그걸로 어떻게 싸울 셈이지? 설마 둔기로 쓰는 건가? 이봐 로미오, 어떻게 생각해."

"칼날을 잊다니 그야말로 나이트 실격. 갑옷 닦기부터 다시 시작해라."

조금 떨어진 곳에 설치된 벤치에 사이좋게 앉은 미체트와 로미오가 관객 기분으로 웅성웅성 떠들고 있지만, 반대로 요시히코는 태연하게 서 있었다.

"에이, 여러분 성격이 급하시네. 제 능력은 곧 보여드릴 거예요, 곧. 자…… 늘어나라, 여기검."

요시히코가 그렇게 말하자, 손에 든 칼자루가 갑자기 빛을 내더니 곧 본래에 칼날이 있어야 할 부분까지 빛이 뻗어가 그대로 칼날의 형태를 만들었다.

그 모습을 본 아키토가 놀라서 외쳤다.

"요시히코 군이 소속된 시리즈는 분명 '학원요란 스쿨 블레이드'였지…… 그렇구나, 그게 여기검인가!"

시리즈란 각 카드가 각자 소속된 세계를 말한다.

판타지풍 시리즈에 소속된 카드라면 검이나 마법으로, SF풍이라면 광선총 등으로 카드들이 전투를 펼친다.

그 중, 아키토가 입에 올린 스쿨 블레이드라는 시리즈는 학생 투사라 불리는 뛰어난 능력을 지닌 학생들이 서로 싸우는 설정을 지니고 있고, 그들은 여기검이라는 그 능력에 따라 변화하는 검을 무기로 다룬다.

"뭐, 그런 겁니다. 그럼…… 갑니다."

"앗……."

빛나는 검을 들고 미소를 지은 요시히코가 슥 자세를 낮췄다. 그 모습을 본 안젤리카도 얼른 자신의 손톱으로 다시 공격할 준비를 했다.

두 사람 사이에 긴장감이 흘렀고, 이윽고 하압! 하는 기합과 함께 요시히코가 달려갔다, 그리고 그 순간.

……요시히코가 그 자리에서 호쾌하게 넘어졌다.

"…………헐?"

캐롤은 그저 어안이 벙벙했다.

모두가 지켜보는 가운데 요시히코가 바닥에서 데굴데굴 구르기 시작했다.

"아, 아야! 아앗, 익숙하지 않은 사람이 조작하니까 다리가 걸려 넘어지고 말았어! 아아, 너무 아프다, 발이 부러졌을지도 몰라, 이러면 싸울 수가 없는데에에에——!!"

파닥거리며 아픈 척을 하면서 그런 말을 외쳤다. 모두 어이가 없는 시선을 보내고 있는데도 전혀 개의치 않는다.

이윽고 그것이 싸움을 보이콧하고 있는 것임을 깨달은 캐롤이 이마에 핏대를 세우고 따졌다.

"너 말이야, 무슨 헛짓거리를 하는 거야! 지금 일부러 넘어졌지?! 아무리 싸우는 게 싫어도 그런 수법은 용납할 수 없어! 자, 어서…… 앗?!"

그 순간 캐롤의 머릿속에 전류가 흘렀다.

요시히코는 그냥 바닥을 굴러다니는 것이 아니었다. 그대로 자신의 위치까지 조금씩 다가와 캐롤의 발밑까지 이동한 것이다.

그러고는 슬쩍 고개를 들어 캐롤 쪽을 올려다보려고 했다. 그곳에는 캐롤의 하반신, 그리고 캐롤이 입고 있는 미니스커트가 있다.

음흉하게 일그러진 얼굴, 즉, 이 녀석이 노리는 것은…….

"……이 자식! 어딜 치마 속을 엿보려고! 돈 받는다, 이놈!"

얼굴이 빨개진 캐롤이 치마가 펄럭이지 않도록 잡으며 뒤로 물러나 외쳤다.

들킨 것을 안 요시히코는 손가락을 딱 튕기며 분해했다.

"쳇, 아까워라. 앞으로 조금만 더 가면 팬티가 보였는데…… 억?!"

"이얏!!"

그런 요시히코의 얼굴에 엄청난 기세로 발차기가 날아갔다. 캐롤이 때린 것이다.

살의가 담긴, 진짜 발차기였다.

"이 변태 카드가! 죽어, 죽어, 죽어! 돈 내놔아아아!"

"아야, 아야, 아프다고요! 아앗, 하지만 발로 차면서도 손으로 확실히 치마를 붙잡고 안을 보여주지 않다니, 대단하네요, 캐롤…… 커헉!"

그대로 연속해서 캐롤의 발에 걸어차였다. 배틀 카드에게
도 뒤지지 않을 연속 공격이었다.

그럼에도 요시히코는 굴하지 않고 다가가려고 하였으나,
마지막에 강력한 일격이 목에 꽂히는 바람에 결국 쓰러지고
말았다.

"꽤, 괜찮은 발차기 기술을 갖고 있잖습니까……. 정말 비
서 카드 맞나요……? 저 대신 당신이 시합에 나가는 편이
이기는 데 도움이 되지 않을까요……."

"마스터! 이 녀석, 변태! 변태 카드예요! 이상한 카드를 뽑
았잖아요! 지금 당장 팔…… 아니, 찢어 버리죠! 이런 녀석
은 쓰면 안 돼요! 제가 허락할 테니까 이번만은 그렇게 하
자고요, 네? 네?"

"진정해……."

화를 내는 캐롤을 아키토가 달랬다. 보아하니 요시히코는
상당히 개성이 강한 카드인 모양이다.

그러나 설마 배틀 카드가 싸우는 것조차 하지 않으려고
할 줄이야. 다양한 카드가 있다며 아키토가 감탄하는 사이,
힐끔힐끔 자신을 쳐다보는 안젤리카의 시선을 눈치챘다.

"……하하, 재미있는 카드지? 요시히코 군은. 뭐, 앞으로
동료니까 사이좋게 지내 줬으면 해, 안젤리카."

신경을 써서 되도록 웃는 얼굴을 만들어 친근하게 말을

걸었다.

그러나 안젤리카는 얼굴을 붉히고 고개를 휙 돌렸다.

"으……."

그대로 두 손으로 치마를 꼭 잡고, 아키토 쪽을 보려고도 하지 않았다.

애써 환한 웃음을 지은 채, 아키토는 굳어 버렸다.

'……이쪽은 이쪽대로 거리감을 잡지 못하겠어. 나츠메의 카드였을 때부터 소극적인 성격이라 느끼긴 했지만…….'

나츠메도 말했지만, 아무래도 커뮤니케이션을 취하기 어려운 카드인 모양이다.

조금씩 서로 이해해 갈 필요가 있을 것이다.

'게다가…… 문제가 하나 더 있어.'

그러며 시선을 방구석으로 보냈다. 그곳에는 신입 카드들 중 마지막 한 장인 자그마한 소녀가 어색한 얼굴로 두리번 거리며 이리저리 시선을 보내고 있었다.

그을린 피부에 어리게 보이는 체형. 매우 짧은 머리에 다소 노출이 많은 검은색 세일러복. 그리고 머리에는 하얗고 작은 군모를 썼다.

앳된 얼굴이 마치 애완동물처럼 귀엽지만, 시무룩한 표정 탓에 어쩐지 믿음직스럽지 못한 인상을 주었다.

미체트나 요시히코처럼 아키토가 가챠로 뽑은 카드 중 마지막 카드이다.

'소녀 종말 전기 암즈 걸 데토네이션'이라 불리는 시리즈의 [해군 소녀 37호 팜]이라고 한다.

[해군 소녀 37호 팜]

AP: 5000 DP: 2000 암즈 걸(海) 여성

"……정말 다들 개성적이네. 그런데 괜찮아, 팜? 너와는 아직 대화를 별로 안 해봤잖아. 뭔가 힘든 일이 있다면 사양하지 말고……."

아키토는 이번에야말로 대화를 하겠다며 팜에게 다가갔다. 그러자 아키토를 발견한 팜이 그를 올려다보더니 히익, 작게 비명을 지르고는 뒷걸음질을 쳤다.

"앗."

놀란 아키토가 무심코 외쳤다. 팜은 벽에 붙어 몸을 움츠리고, 눈물이 고인 눈으로 아키토를 올려다보며 덜덜 떨었다.

"죄, 죄송해요……. 저기, 팜, 벼, 별로, 도움이 되지 않을 거예요……. 팜, 야, 약하니까……. 죄, 죄송해요……, 죄송해요……."

"기다려, 그런 이야기가 아니야. 딱히 널 난처하게 하려고 하는 게 아니라……."

"아! 마스터가 팜을 괴롭히고 있어!"

아키토가 곤란한 듯 말하자, 그 모습을 발견한 캐롤이 목소리를 높이더니 뛰어왔다.

"괴롭히다니…… 아니야, 난 그러지 않았어! 난 그저, 잠깐 대화를……."

"안 그래도 커다란 마스터가 다가가기만 해도 자그마한 팜에게는 위협적이라고요! 응, 괜찮아, 괜찮아, 커다란 놈이 와서 무서웠지. 팜, 괜찮으니까 걱정하지 마!"

그러며 캐롤이 팜을 안고 다정하게 머리를 쓰다듬었다. 팜은 캐롤에게는 두려워하는 모습을 보이지 않고, 얌전히 안겨 있었다.

"……나의 카드인데……."

그 두 사람을 아연실색하여 바라보면서 아키토가 불평했다. 의외로 캐롤은 아이를 좋아하는지, 콜을 하고 나자 팜을 작아서 귀엽다는 말을 연발하며 무척 예뻐했다. 뭐, 본래 캐롤도 역시 작은 편이라 두 사람의 키는 그리 다르지 않았지만.

세 사람이 그런 대화를 나누는 사이, 캐롤의 폭행에서 해방된 요시히코가 슬금슬금 기어와 팜을 올려다보며 말했다.

"와아, 정말 소극적인 카드네요. 제가 말하는 것도 그렇습니다만, 그녀가 싸울 수 있겠습니까."

캐롤의 가슴에 얼굴을 묻고 있던 팜이 그 목소리에 놀라 시선을 옮겼다.

그곳에는 바닥을 기고 있던, 엉망으로 맞아 얼굴이 부어

오른 실눈의 남자가 있었다.

"히익……."

다시 팜의 입에서 비명이 새어 나왔다.

팜에게는 무척이나 충격적일 모습과 조금 전 캐롤에게 한 변태 행위. 순식간에 팜에게 요시히코는 공포의 대상이 되었다.

그러나 이번에는 아키토에게 한 것처럼 도망치지도 못했다. 그 너무나 충격적인 일에 팜의 정신은 싸우는 것을 선택했다.

"꺄아아아아아!"

외치면서 팜이 오른손을 요시히코 쪽으로 뻗었다. 그러자 그 손의 주위가 반짝반짝 빛을 내더니, 곧 그녀의 손에 대포와 같은 디자인의 총이 나타났다.

총구가 두 개인 기묘한 총. 팜은 그대로 망설임 없이 총의 방아쇠를 당겼다.

"앗, 잠깐…… 으아아아아아악?!"

엉거주춤하게 있던 요시히코가 경악하며 필사적으로 얼굴을 돌렸다.

그러자 그 얼굴의 바로 옆으로 팜의 총에서 날아간 탄환이 지나가며 그대로 반대쪽 벽에 맞아 폭발음을 내며 터졌다.

"……세상에……."

뭉게뭉게 연기를 내는 벽을 돌아본 요시히코가 넋이 나가 말했다. 팜이 소속된 '암즈 걸 데토네이션'은 여성의 형태를 한 병기가 싸운다는 스토리다. 팜 역시 그러한 병기 중 하나이다.

암즈 걸들은 자신의 무기를 만들어 내는 힘을 지니고 있으며, 각각 육해공군으로 소속이 나뉘어 있다.

팜은 그중 해군에 속한 병기다. 그 특징은 장갑은 얇지만, 고화력의 포문을 지녔다는 것이다. 작게 보여도 AP 5000이라는 매우 높은 화력을 지닌 것은 그 때문이다.

"오오, 이것이 암즈 걸의 무장화인가……! 대단한데, 순식간에 무기가 나왔어. 정말 흥미로워……."

"아니, 마스터! 감탄하지 말고 막아 주세요! 귀여운 카드인 제가 다쳐도 괜찮단 말입니까…… 우오옷!!"

태연하게 말하는 아키토에게 요시히코가 당황한 얼굴로 외쳤다.

그러고는 그 순간 발사된 팜의 탄환을 크게 뛰어 피했다. 그 모습을 지켜보며 아키토는 더욱 느릿한 어조로 말을 이었다.

"뭐야, 요시히코 군, 조작하지 않아도 그렇게 경쾌하게 움직일 수 있잖아. 싸우는 건 힘들다고 말했으면서 신체 능력이 굉장한데. 그러니 이제 연습을 빼먹도록 놔두지 않겠어. 난 네가 마음에 들었거든. 함께 철저하게 연습할 테니까 그렇게 알아 둬."

"아니, 그러니까 그런 말을 할 때가 아니라니까……! 팜, 난 어린애한테는 관심 없어! 넌 내 취향이 아니라 아무 짓도 안 할 거야, 그러니 이제 그만…… 으아아아악!"

"미안해요, 죽어 주세요! 미안해요!"

도망치는 요시히코를 팜이 탄환을 난사하며 쫓았다. 빗나간 일격이 여기저기 부딪히며 방에 폭발음이 울려 퍼졌다.

"좋아, 죽여 버려! 내가 허락할 테니 해치워, 팜! 변태 카드를 불태워!"

"아니, 태우지 말아요, 캐롤! 아니, 진짜 그만, 으아악!"

눈을 이글이글 불태우며 캐롤이 팜을 응원하자, 요시히코가 더욱 격렬해진 공격을 종이 한 장 차이로 피했다. 요시히코는 필사적이라 깨닫지 못했지만, 이곳은 연습장이므로 맞더라도 부서질 걱정은 없다. ……다소 아프겠지만.

그 모습을 안젤리카는 멍하니 보고 있었는데, 바로 그때 갑자기 옆에 미체트가 나타나 안젤리카의 허리에 팔을 둘렀다.

"앗……!"

"안녕, 아가씨. 제법 시끄러워졌네. 이거 참, 소란스러운 녀석들이야, 정말."

그대로 놀란 안젤리카를 품에 쏙 안고는 미체트가 멋진 얼굴로 말했다.

"그런데 아가씨. 우리 카드의 만남은 일기일회, 지금을 놓치면 다시 언제 만날지 몰라. 또 만나더라도 서로 기억이 없셌시. 그러니 사랑은 빠르게 키워 나가지 않으면 안 돼. 여기서 만난 것도 어떤 인연이겠지. 나와 넌 설정된 나이가 조금 떨어진 느낌도 들지만 어떨까, 한때의 사랑에 빠져 보는 것도……."

"아…… 미안해요!"

안젤리카는 상황을 제대로 이해하지 못하고 굳어 있었으나, 곧 창백한 얼굴로 미체트의 손을 뿌리쳤다. 그대로 달려가 얼른 아키토의 등 뒤에 숨고 말았다.

놀란 아키토가 돌아보자, 안젤리카는 아키토의 상의 옷자락을 살며시 잡고, 겁에 질린 얼굴로 고개를 숙이고 있었다.

"……아니, 그렇게까지 싫어할 건 없잖아……. 심지어 마스터의 뒤에 숨어 버리다니."

완벽하게 차인 꼴이 된 미체트가 안젤리카를 끌어안았을 때의 자세 그대로 굳은 채 말했다.

아무래도 이쪽은 이쪽대로 요시히코와는 다른 방향으로 여자를 좋아하는 모양이다.

"이렇게 보여도 나, 여자에게 인기 많은 편인데. 이봐, 로미오. 어떻게 생각해."

"몰라. 그보다 너희는 정말 너무 시끄럽군. 시끄러운 건 빈약한 몸매의 비서만으로 충분해. 나의 평온한 생활을 돌려주었으면 좋겠다만?"

미체트의 물음에 로미오가 무뚝뚝하게 팔짱을 끼고 대답

했다.

그 말을 듣고, 아키토는 확실히 꽤 소란스러워졌다고 생각하며 주위를 둘러보았다.

도망치고 있는 요시히코와 뒤를 쫓는 팜. 손짓과 발짓을 동원해 자신이 괜찮은 남자임을 설명하는 미체트와 그 말을 따분하게 듣고 있는 로미오. 안젤리카는 여전히 아키토의 뒤에서 그들을 살펴보며 그 사이에 끼려고 하지 않았다.

그때 캐롤이 자신의 모자에 손을 대며 한숨을 내쉬었다.

"이거 뭐라고나 할까. 이상…… 아니, 실로 개성적인 동료가 모였네요……."

최선을 다해 에두른 표현을 써서 말하는 캐롤에게 아키토는 싱긋 미소를 지었다.

"맞아, 멋진 동료가 모였어…… 난 정말 운이 좋아. 저들과 함께라면 더 위로 올라갈 수 있을 듯해. 캐로, 지켜봐 줘. 난 그들을 최고로 빛나게 할 테니까."

그렇게 당당하게 선언했다. 그런 아키토를 싸늘한 눈으로 바라보며 캐롤은 생각했다.

그래…… 이건 아무래도 유유상종이라는 것인 모양이다. 이상한 마스터에게는 이상한 카드가 모이는 법인가 보다, 라고.

2

"자, 그럼 다시 자기소개를 하자. 내가 너희의 마스터인 타카츠키 아키토야. 아키토라고 불러줘. 다들 잘 부탁해."

프라이빗 에어리어에서 나와 자신의 사무실로 돌아간 뒤, 소파에 앉은 아키토가 동료들에게 인사했다.

본래는 먼저 인사 정도는 끝내두는 법이지만, 아키토는 새로운 카드를 얼른 쓰고 싶어 참지 못하고 곧장 연습부터 시작한 것이다.

"나는 캐롤 올드리치. 마스터의 비서 카드야. 돈 관련은 대체로 내가 관리하고 있으니까 그런 쪽 일은 나에게 말해줘. 그럼 다들 순서대로 소개를 부탁할게."

아키토의 옆에 앉은 캐롤이 이어서 자기소개를 하고, 주위에도 그럴 것을 권했다.

주위에는 아까와 같은 다섯 장의 카드들이 있었다. 아키토의 맞은편 소파에는 안젤리카와 팜이 앉아 있었는데, 둘 다 곤란한 표정을 짓고 있었다.

"저, 저기…… 아, 안, 젤리카…… 입니다……. 흐, 흡혈귀, 입니다……. 손톱으로, 싸웁, 니다……. 자…… 잘 부탁, 해요……."

안젤리카는 더듬거리면서도 어떻게든 인사를 하였으나, 뒤로 갈수록 목소리가 작아져 마지막에는 거의 들리지 않을 지경이었다.

"그래, 다시 한번 잘 부탁해, 안젤리카. ……그녀는 일주일쯤 전에 나에게 와주었으니 너희보다 조금 선배지만 모쪼록 잘 부탁해."

아키토가 그렇게 보충하고 미소를 짓자, 안젤리카는 다시 고개를 푹 숙이고 말았다. 그녀는 정말 수줍음이 많구나, 라고 아키토가 생각하는 사이 안젤리카의 뒤에 서 있던 미체트가 벽에 기댄 채 말을 이었다.

"내 이름은 미체트. 미체트 해터다. 보는 바와 같이 몸은 기계지만, 머리와 심장은 뜨거운 인간의 것…… 아니, 인간이 아니라 카드지만. 뭐, 잘 부탁해. ……맞아, 그리고 미체트라 부르기 힘들면 형이나 오빠라고 불러도 돼. 난 의지가 되는 남자니까 언제든 의지해 줘."

"그걸 스스로 말하십니까……. 뭐, 정말 의지는 될 것 같고, 연상인 것 같으니 형님이라 부르는 것도 괜찮겠지만요."

태연하게 자화자찬하는 미체트에게 옆에 서 있던 요시히코가 딴죽을 걸었다.

"참고로 보충하자면, 미체트는 꽤 고액 카드야. 성능은 보장되어 있으니, 앞으로 우리의 주요 수입원이 될 것 같아. 다들 그렇게 알고 잘 부탁해."

"하하하, 마스터 여러분은 나의 실력을 인정하여 비싸게 거래를 해주시고 있단 말인가. 탐탁지는 않지만, 뭐 필요로 해주는 건 나쁘지 않군."

캐롤이 한 설명에 미체트가 웃으면서 대답했다.

특별히 기뻐하는 모습은 아니지만, 싫은 것도 아닌 보양이다. 어딘가 초연하고 달관한 면이 있는 카드인 것 같다.

"미체트는 '스타 게이저 크로니클'의 특수부대에 소속되어 있다는 설정이지? 그건 무슨 특수부대야?"

그런 미체트에게 아키토가 눈을 반짝반짝 빛내며 물었다.

미체트의 카드 이름은 [행성연합군 특수부대 허미트 소속 스피드 스타]이다. 특수부대 허미트라는 곳에 소속되어 있다는 설정으로, 스피드 스타라는 것은 아마 미체트의 코드 네임일 것이다.

그럼 허미트란 어떤 활동을 하는 부대일까.

그 질문에 미체트는 씩 웃으며 팔짱을 끼고는 대답했다.

"모른다."

"모르는 거였냐!"

당당하게 말하는 미체트에게 캐롤이 벌떡 일어나 외쳤다.

"흐음, 좋은 지적이군, 캐롤. 날카롭고, 빠르고, 타이밍도 좋아! 제법인데, 솔직히 귀여운 계열은 취향이 아니지만, 어때, 나와 새벽에 만담이라도……."

"아, 그러세요. 미안하지만 난, 돈이 없는 남자에게는 관심 없거든. 그러니 카드는 모두 사양이야."

인사를 겸하여 추근거리기 시작하는 미체트에게 캐롤이 자리에 앉아 냉담하게 대답했다. 그 옆에서 아키토가 실망

한 눈으로 미체트를 바라보며 다시 물었다.

"……정말 몰라? 전혀?"

"그래, 유감스럽지만. 애초에 나의 몸이 무엇으로 만들어졌는지도 잘 몰라. 망할 여신이 설정을 만든 주제에 우리에게 지식은 부여하지 않았어. 그러니 그 특수부대라는 게 무엇을 하고 있었는가 이전에 어떤 녀석이 동료였는지조차 몰라. 부아가 치밀게도."

"……역시 그렇구나. 지금까지 만난 카드들도 자신이 어떠한 존재인지 제대로 파악하지 못했어. 기억하고 있는 것은 싸우는 방법뿐…… 배틀 카드에 그 이상은 필요 없다는 뜻인가……?"

그런 것치고는 백 스토리 같은 기능을 넣어 이쪽에 다양한 지식을 전해준다. 여신이 하는 일에는 수수께끼가 많다.

그런 생각을 하는 사이, 캐롤의 맞은편에 서 있던 요시히코가 소개를 이어나갔다.

"자기소개, 이어서 해도 되겠습니까? 저는 쟈넨 요시히코. 카드 이름에도 쓰여 있으니, 편하게 요시히코라고 불러주십시오. 학생 투사라는, 특수능력을 써서 싸우는 학생 타입의 카드입니다. 다만, 몇 번이나 말씀드리지만 싸우는 것은 거북하므로 기대하지 마십시오."

"그래, 잘 부탁해, 요시히코 군. ……거듭해서 싸우는 게 거북하다고 말하는데, 왜 그렇게 생각해?"

"그야 뭐……. 스테이터스를 보면 아시지 않습니까. R랭크의 평균을 크게 밑돌고 있고, 신체 능력도 그리 높지 않으니까요. 게다가 전 싸우는 게 싫거든요. 재미도 없고요."

아키토가 묻자 요시히코가 생글생글 웃으며 대답했다.

"싸우는 게 싫다라. 배틀 카드답지 않은 녀석이군. 요시히코라고 했나? 너에겐 끓어오르는 투쟁심이 없단 말인가."

"전혀 없네요. 왜 계속 싸우는 게 숙명인 배틀 카드 따위를 만들었는지 이상할 따름입니다. 뭐, 무엇보다도……."

그대로 캐롤에게 시선을 보내며 요시히코가 말을 이었다.

"다른 무언가는 이미 불끈불끈 올라오고 있지만요. 네, 끝도 없이."

"…………?"

순간 무슨 말을 하는 것인지 이해하지 못한 캐롤의 머리 위로 물음표가 떠올랐으나, 그 직후 퍼뜩 깨달았다. 실눈이라 알기 힘들지만, 요시히코의 시선이 캐롤의 허벅지 언저리를 향하고 있었다. 그리고…….

"……정면에 서 있던 게 그거 때문이냐! 어딜 엿보려고 해, 이 변태!"

"커흑."

얼굴이 빨개진 캐롤이 테이블 위에 있던 티슈 상자를 잡아 던졌다. 그것이 요시히코의 얼굴에 정통으로 명중하여, 요시히코가 얼빠진 소리를 냈다.

요시히코는 이번에는 소파에 앉아 있는 캐롤의 속옷을 보려고 한 것이다.

"……요시히코 군, 너란 아이는 한결같구나……. 뭐, 됐어, 아무튼…… 너도 자기소개를 할 수 있겠니?"

"아앗……."

아키토가 한심해하며 말한 뒤, 새로운 카드 중 마지막인 팜에게 말을 걸었다. 팜은 두려워하는 얼굴로 주위를 두리번거린 뒤, 기어들어가는 목소리로 망설이며 입을 열었다.

"앗……. 저, 저기……. 아으, 팜, 입니다……. 아, 암즈 걸이라는 종류로, 저기……. 허공, 에서, 무기를 꺼낼 수 있는데요……. 사실은, 해전이, 특기입니다. 그러니, 저기…… 별로, 도움이, 되지 않을…… 지도……."

"바다 적성이 있는 카드인가. 지금 R카드는 지상에서의 전투뿐인 콜로세움에서 주로 쓰이니까. 힘을 살리기 어려운 환경이라는 건가."

옆에서 미체트가 끼어들었다. 암즈 걸은 육해공군 각각에 소속된 소녀형 병기로 구성된 시리즈로, 각각 적성이 있는 지형이 다르다. 팜은 해군 소속이기 때문에 본래는 바다에서 쓰는 것이 바람직하다.

"그래도 AP 5000은 대단한 거 아냐? 그렇게 비하하지 않아도 돼, 팜."

"……네……."

55

캐롤이 긴장을 풀어주기 위해 말을 걸었지만, 팜은 여전히 어두운 얼굴이었다. 아무래도 크게 자신감이 없는 모양이다. 아키토는 그 이유가 짐작이 갔다.

'……암즈 걸의 R랭크는 귀여운 소녀 모습을 하고 있어. 따라서 전투보다 애완용으로 소지되는 일이 많은 모양이야. 그녀도 그런 취급을 받아왔으니까 싸움에 자신이 없을지도 몰라.'

카드는 주인이 바뀌면 기억을 잃지만, 그래도 자신이 놓인 환경이라는 것은 어렴풋이 이해하고 있을지도 모른다.

지금까지 본 경험상, 단순히 강한 카드는 자신감이 넘치고 있고, 반대로 쓰기 어려운 카드는 어딘가 기운이 없었다. 그녀도 지금까지 그저 귀여움을 받기 위해 쓰였다면, 이런 식으로 자신을 평가하게 될지도 모른다.

그리고 이 소심한 성격은 아마 타고난 것이겠지만.

'……팜…….'

자신의 옆에서 고개를 숙이고 있는 팜을 살펴보며, 안젤리카가 곤란한 표정을 지었다. 아무래도 둘 다 내향적인 성격인 것 같은데, 어리게 보이는 팜의 모습 때문인가 더욱 안쓰럽게 느껴졌다.

이대로 가면 이 아이는 동료들 사이에 섞이지 못할지도 모른다……. 그렇게 느낀 안젤리카는 스스로도 의외라고 생각하는 행동에 나섰다. 팜의 손을 살며시 잡은 것이다.

"앗……."

"괘, 괜찮아, 팜…… 저기……. 모, 모두, 좋은 사람인 것 같으니까……. 나도 있으니까, 응? 자, 잘 부탁할게?"

놀란 얼굴로 자신을 바라보는 팜에게 안젤리카는 어색하게 웃으며 말했다.

살짝 떨면서도 자신의 손을 감싸고 있는 안젤리카의 손을 보고, 이어서 그 웃는 얼굴을 바라보며 팜이 중얼거렸다.

"……언니……."

"응?"

팜이 촉촉한 눈으로 안젤리카에게 덥석 안겼다.

"언니!"

"앗…… 그게 무슨……."

팜의 달라진 모습에 안젤리카가 어쩔 줄을 몰랐다.

안절부절못하며 주위를 둘러보자, 그 모습을 보던 캐롤이 말했다.

"……팜은 의존할 곳을 원하는 타입이었구나……."

"그런 것 같네. 좀처럼 성격을 보여주지 않을 것 같아 걱정했는데, 어떤 아이인지 알게 되어 다행이야."

아키토가 캐롤의 말에 대답했다. 겁이 많지만, 자신에게 친절하게 대하는 안심할 수 있는 상대에게는 편하게 응석을 부리는 성격. 그래, 새로운 동료들의 성격을 조금씩 알게 된 느낌이다.

그렇게 각자 인사를 마치자, 아키토는 자신의 뒤에 무뚝뚝하게 서 있는 로미오를 엄지손가락으로 가리키며 소개했다.

"이미 알고 있겠지만, 그에 대해서도 다시 한번 소개할게. 나의 파트너인 로미오야. 너희들이 올 수 있었던 건, 그가 돈을 벌어 준 덕분이고. 정말로 의지할 수 있으니까, 다들 잘 부탁해."

"……나이트다. 지킬 필요가 있다면 말해라. 나이트는 언제든지 달려갈 테니."

팔짱을 낀 채, 새로운 멤버 쪽을 보며 로미오가 말했다.

까다로운 성격이지만, 이렇게 말하는 것을 보니 새로운 멤버들을 그리 싫어하지는 않는 모양이다. 아키토는 안도했다. 파트너인 로미오가 새로운 동료들을 마음에 들어 하지 않으면 어떡하나 조금 걱정했기 때문이다.

"앞으로는 이 멤버로 당분간 해 나가려고 해. 믿음직스럽지 못한 마스터일지도 모르지만, 다들 즐겁게 지낼 수 있도록 열심히 노력할 거야. 모쪼록 잘 부탁해."

그렇게 말하며 아키토가 깊숙이 머리를 숙였다. 그 모습을 카드들이 깜짝 놀란 얼굴로 바라보았다.

"이봐, 아키토 씨……. 윗사람일 터인 마스터가 카드에게 머리 같은 걸 숙이면 어떡하나. 우리는 도구고, 당신은 사용자야. 당신은 우리에게 그냥 명령하면 돼. 부탁 같은 걸 할 필요 없잖아."

"아니, 난 그렇게 생각하지 않아. 인간이든, 카드든 인격을 지닌 점에서는 대등해. 거만하게 부리기만 해서는 서로 진정한 협력을 할 수 없어. 나는 로미오와 그렇게 관계를 쌓아왔어. 너희와도 그러고 싶어. 그러니 잘 부탁할게."

어이가 없다는 듯 말하는 미체트에게 아키토가 진지한 얼굴로 대답했다. 새로운 카드들은 서로 얼굴을 마주 보더니, 조금 어색한 표정을 하면서도 대답했다.

"흥, 특이한 사람이네. 뭐, 날 쓰면 누구든 이기니까. 나만 믿으라고."

"여, 열심히, 하겠습니다. 자, 잘 부탁…… 드립니다……."

"……잘 부탁, 합니다."

"진지한 사람이네요. 뭐, 잘 부탁해요."

각자 개성적으로 대답한다. 아키토는 그들의 모습을 만족스럽게 보았고, 캐롤이 웃으며 말했다.

"그럼 인사는 이 정도로 하고. 뭐, 우리는 길어야 일 년밖에 기억이 없지만, 이렇게 같은 마스터 곁에 모인 것도 어떤 인연이겠지. 잘해봅시다. 그리고 우리 마스터는 자신의 카드에게 식사를 제공하는 특이한 사람이니까, 지금부터 환영 회식이라도…… 아, 그러고 보니 차도 내오지 않았네. 다들 몇 번 우려낸 거라도 괜찮겠지?"

"그거, 선택지가 있는 겁니까……?"

말하면서 탕비실로 향하는 캐롤에게 요시히코가 지적했다.

"앗, 도, 노울게요, 캐롤 씨. ……파, 팜, 잠깐 기다리고 있어."

"아앗."

안젤리카가 그렇게 말하고 여전히 자신에게 안겨 움찔거리고 있던 팜을 떼어내고 캐롤의 뒤를 따라갔다.

"어머, 고마워! 그럼 저쪽의 몇 번이나 우려낸 찻잎은 남자들에게 내어 줄래? 우리는 이쪽의 새로운 걸 쓰자!"

그렇게 캐롤이 폭탄 발언을 하는 것이 들렸다. 팜은 버림받은 고양이처럼 소파 위에 앉아 서운한 듯 저쪽을 바라보고 있었다.

그때 미체트기 창밖으로 시선을 보내며 아키토에게 물었다.

"그런데 괜찮겠나? 우리 다섯 장을 한 번에 꺼내다니. 한 번에 조종할 수 있는 카드의 수는 기껏해야 세 장이지 않나. 지금 누군가에게 습격을 받으면 위험한 것 아닌가?"

미체트의 말이 옳다. 인간이 한 번에 조작할 수 있는 배틀 카드는 많아야 세 장이 한계이고, 그 이상은 뇌가 따라가지 못한다고 한다. 그러나 지금 아키토는 다섯 장을 꺼내고 있으므로, 혹시 지금 습격을 받으면 얼른 몇 장을 홀더로 되돌릴 필요가 있다. 또한 그렇게 시간을 낭비하는 사이 불리해지고 만다.

그러나 아키토는 느긋한 얼굴로 대답했다.

"괜찮아. 나는 지금 홀더를 가졌을 뿐인 일반인이고, 적대하는 사람도 없어. 콜로세움에서라면 나를 미워하는 상대가 있을지도 모르지만, 일단 현실에서의 위치를 아는 사람은 없거든. 싸우지 않고 그냥 꺼내서 자유롭게 놔두는 것만이라면 그리 부담도 안 되고."

그렇게 웃는 얼굴로 카드들을 돌아보며 말을 이었다.

"난 모두에게 가능한 한, 같이 즐겁게 생활하기를 바라. 그러면서 서로 이해하게 될 테고, 결속도 단단해지지 않을까 해서. 그러니 모쪼록 이곳을 집이라고 생각하고 즐겁게 지냈으면 좋겠어. 한가할 때에는 가능하면 이렇게 자유롭게 지낼 수 있도록 할 테니까."

그 자리에 있던 로미오, 미체트, 요시히코, 팜은 그런 아키토를 가만히 보고 있었는데, 이윽고 미체트가 어처구니가 없다는 얼굴로 대답했다.

"대단하지 않은 일이라도, 부담이 안 되는 건 아닐 텐데. 뭐, 좋아, 즐기라고 했으니 말에 따라야지. ……안 그래, 파트너? 이 사무실은 뭔가 오락거리가 없나."

"……보드게임이라면 몇 개 있다."

미체트가 묻자, 로미오가 대답하며 수납장에서 보드게임을 꺼내왔다. 그것을 곁눈질하며 아키토는 테이블 위에 있던 과자를 팜의 앞으로 슬그머니 내밀었다.

"원한다면 먹어도 돼. 혹시 단걸 싫어하나?"

"……좋아, 해요. 단 음식."

아직은 조금 겁에 질린 얼굴로 팜이 대답하더니, 아키토의 안색을 살피면서도 과자로 손을 뻗었다. 그리고 포장지를 벗겨 입에 넣고는 약간 놀란 얼굴로 말했다.

"맛있어……!"

"그렇지? 히나토의 과자는 맛있기로 유명해. 원하는 만큼 먹어도 괜찮아."

아키토가 그렇게 말하자, 팜은 얼른 손을 뻗어 과자를 하나 더 입에 넣었다. 작은 입을 열심히 움직여 바삭바삭 기쁜 얼굴로 먹는다.

그 모습을 보며 아키토는 소동물의 식사를 연상했다.

'귀여워……. 애완용으로 다뤄진 게 조금 이해가 가. 하지만 난 그녀를 배틀 카드로서 활약시키고 싶어.'

배틀 카드는 싸워야 진가를 발휘한다. 그것이 아키토의 신조다. 이렇게 내성적이고 작은 팜과 함께 콜로세움에서 강력한 상대에게 화려한 싸움을 보여주고 싶다는 생각이 강하게 들었다.

다만 그러기 위해서는 일단 서로 마음이 통해야 할 것이다. 신뢰 관계를 쌓을 것. 우선은 그것을 목표로 해야 한다.

'……그나저나.'

아키토는 생각하며 실내를 다시 한번 둘러보았다. 미체트는 로미오에게 다시 무언가 말을 걸고 있고, 로미오는 로미오대로 평소처럼 무뚝뚝한 얼굴로 대답하고 있다.

'좋아, 이 느낌. 동료가 늘어 활기가 생겼어. 여자도 늘어서 화사해졌네…….'

탕비실에서 물을 끓이며 캐롤과 안젤리카가 웃으며 무언가 대화를 나누고 있다. 캐롤이 기뻐하는 얼굴이므로 아마 돈 이야기일 것이다. 그 뒷모습을 바라보며 아키토는 그런 생각을 했다. 나츠메와 멜리사라는 인간 동료와 헤어져 아쉬웠지만, 이렇게 새로운 동료와 함께 있으니 그런 마음이 줄어드는 듯했다.

노력해서 새로운 카드를 (가챠로) 손에 넣기를 잘했다. 즐거운 일상이 시작될 것 같다는 생각을 하는 사이, 요시히코가 옆으로 스르륵 다가와 웃으며 말했다.

"마스터. 마스터가 생각하는 거, 잘 압니다. 정말 좋죠."

그러면서 캐롤과 안젤리카의 뒷모습을 향해 시선을 보낸다. 아무래도 마음이 통한 모양이다. 아키토는 왠지 기쁜 마음이 들었다.

"맞아, 좋아. 이 느낌."

"네, 정말 좋습니다. 뭐라고 해야 할까…… 존꼴이네요."

"응, 맞아……. …………네?"

일단 흐뭇한 얼굴로 대답하고 나서, 뒤늦게 놀란 아키토가 요시히코를 바라보았다.

"……미안해, 요시히코 군. 잘 이해가 안 가는데, 그게 무슨 뜻이야?"

"꼴리다당 대체로 같은 뜻이에요."

"일단 그 말부터 뭔지 모르는데?!"

아키토가 무심코 목소리를 높여 말했다. 그러자 요시히코
가 태연히 대답했다.

"에이, 진정하세요, 마스터. 자, 두 사람의 뒷모습을 주목
하세요. 특히 하반신 쪽."

말하면서 그쪽을 가리킨다. 그곳에서는 캐롤과 안젤리
카, 두 사람의 미니스커트가 하늘하늘 흔들리고 있었다.

"둘 다 아찔하잖아요. 자신의 아름다움을 이해하고, 틈만
나면 돈을 받으려고 하는 캐롤의 검은 스타킹도 좋습니다
만, 수줍음이 많은 안젤리카의 왠지 모르게 무방비한 허벅
지도 최고예요. 이거, 진짜 눈이 호강하네요. 좋은 팀에 왔
어요! 자유 시간도 많이 주신다고 했으니 매일 즐겁겠네요.
후후후후."

"어, 어어……."

두 사람을 능글맞은 얼굴로 바라보며 음흉하게 웃는 요시
히코에게 아키토는 애매하게 대답했다. 혹시…… 자신은
엄청나게 특이한 카드를 뽑고 말았을지도 모른다.

그런 생각을 하는 사이, 미체트가 옆에 털썩 앉아 물었다.

"그래서? 마스터 아키토. 구체적으로 우리를 앞으로 어떻
게 쓸 생각이지? 일대일 시합에서 싸우면 되나?"

"아, 그거 말인데…… 2, 3주일은 연습을 해야겠지만, 그

뒤에는 일단 개별로 시합에 나가도록 할 생각이야. 한 장끼리 싸우는 '원 카드 원 킬' 같은 것 말이야. 우선 실전에서 연계를 익히고 싶어. 다만 그게 어느 정도 익숙해지면……."

미체트만이 아니라 동료 전체의 차를 쟁반에 들고 온 캐롤과 안젤리카를 포함한 동료들의 얼굴을 돌아보며 아키토가 말을 이었다.

"여러 장으로 싸우는 룰로 넘어갈 생각이야. ……CVC로 승격하는 게 목표니까, 가능하면 CVC와 가까운 방식으로 말이지."

1

《자, 여러분, 기다리셨습니다! 잠시 뒤, 원 카드 원 킬 오늘의 제21 시합! '박살꾼' 아놀드 대 요즘 솔로로 활약하는 아키토 선수의 시합을 시작하겠습니다!》

"우와아아아아아————!!"

콜로세움에 중계방송이 나오자, 관객속에서 환호성이 터졌다.

그 시선 끝에는 박살꾼이라는 이명을 지닌 아놀드라는 마스터와 그의 맞은편에 선 아키토가 있었다.

"어이, 형씨, 팀은 그만둔 모양이군. 그 거만한 멜리사에게 차였다는 소문이 파다하던데."

푸석푸석한 머리에 수염을 덥수룩하게 기른 아놀드가 천박한 미소를 지으며 통신을 보냈다.

아놀드의 앞에는 양손에 둥근 무언가를 쥔, 반짝반짝 빛나는 옷을 입은 개구리와 같은 얼굴을 한 기묘한 카드가 서 있다. 아놀드의 카드인 [롤링 슈터]이다.

[롤링 슈터]
AP: 4900 DP: 3700

"네, 뭐. 저는 다시 만나고 싶지만요. 연락을 해도 무시당하고 있네요."

그 말에 아키토는 익숙한 듯 가벼운 어조로 대답했다. 전투 시작 전에 상대가 신경 쓸 법한 말을 하여 동요하도록 하는 것은 흔한 수법이다. 아키토도 이제 와서 대답도 제대로 못할 만큼 초짜 마스터가 아니다.

그런 아키토의 앞에는 지금부터 전투를 펼칠 것이라고는 생각할 수 없을 만큼 편안한 태도인 미체트가 쭉쭉 준비 운동을 하고 있었다.

"하하, 뭐야, 마스터. 여자에게 차였었나. 꽃이라도 사서 줘. 여자는 대체로 그걸로 용서해 주니까."

"그렇게 쉬운 상대가 아니야. 그녀는 까다롭거든."

미체트가 웃으면서 말하자, 아키토가 씁쓸한 얼굴로 대답했다. 새로운 카드들을 손에 넣은 지 2주일. 아키토는 집중해서 단련에 임했고, 충분한 수준까지 카드들을 다룰 수 있겠다고 확신하여 드디어 오늘 시합에 도전한 것이다.

"흥, 정말 좋은 카드를 쓰는군. 스피드 스타라니. 부러운데, 혹시 산 건가? 비쌌겠지. 본전은 찾을 수 있겠어? 네가 성능을 끌어낼 수 있을까?"

"그건 기업 비밀입니다. 상상에 맡기죠."

계속해서 시비를 거는 아놀드에게 아키토는 예의 바르게

대답했다.

"대답이 재미가 없네⋯⋯. 섭섭한데. 그나저나 그렇게 강한 카드를 들고 원 카드 원 킬에 도전하다니 치사하지 않나? 좋은 마스터란 싸구려 카드로 이겨야 하는 거 아닌가. 그렇게 강한 카드를 자랑하는 게 즐겁나?"

"⋯⋯꽤 수다쟁이네요. 하지만 그런 저와 시합을 수락한 것은 당신 아닙니까. 치사하다고 생각한다면, 왜 받아들인 겁니까?"

"그야 뻔한 거 아닌가."

아놀드가 씩 웃었다. 그 순간 시합의 시작을 알리는 방송이 나왔다.

『그럼⋯⋯ 시합, 시작!』

시작 벨이 울려 퍼졌다. 그 타이밍에 딱 맞춰 자신의 카드인 롤링 슈터를 전진시키면서 아놀드가 외쳤다.

"너 같은 자식이 자신만만하게 꺼낸 카드를 사냥하는 게 나의 취미니까! 자, 내 전적의 한 줄이 되라, 차인 놈아!"

순간 롤링 슈터의 양손에서 각각 동그란 물체가 발사되었다. 그것은 실로 연결되어 있었고, 끝이 롤링 슈터의 손가락에 감겨 있다.

그렇다. 원형의 그것은 바로 요요였다.

"어디 받아 봐라아아아!!"

아놀드의 고함과 함께 두 개의 요요가 공중에서 미체트를 노리고 빠르게 날아들었다. 요요를 구사하여 싸우는 '요요 전사'. 그것이 롤링 슈터의 정체이다.

"이거 참, 상대의 무기는 장난감인가. 그런 것으로 나를 잡을 셈이라고?"

미체트가 여유롭게 말했다. 그대로 오른쪽으로 뛰어 요요 하나를 피하고, 이어서 날아든 다른 하나는 머리를 숙여 넘겼다.

요요가 한계까지 날아가자, 실에 당겨져 다시 롤링 슈터의 손으로 돌아갔다.

"설마 이렇게 요요만 계속 던지는 것인가? 따분해서 잠들 것 같은데."

"그런가. 안심해. 바로 재워 줄 테니까…… 영원히!"

여유로운 얼굴로 말한 미체트에게 아놀드가 외치며 롤링 슈터에게 다시 요요를 날리게 했다. 미체트는 그것을 어려움 없이 피하였으나, 그 순간 롤링 슈터가 손가락을 움직여 요요를 잇는 실을 미체트를 향해 휘둘렀다.

"이런, 미체트! 실도 피해!"

"큭!"

아키토의 말과 조작에 따라 미체트가 얼른 몸을 수그렸다. 바로 위로 요요 실이 스쳐 지나가며, 미체트의 머리카락이 몇 가닥 끊어져 허공을 날았다.

"……실 부분도 무기인 건가! 그렇군!"

"그래! 내가 시합을 받아들인 진짜 이유가 이거야! 네놈이 스피드 타입인 건 이미 알아. 하지만 그런 녀석일수록 묶어 놓으면 강하지도 않거든!"

미체트가 놀란 소리를 내자, 기세를 탄 아놀드가 외쳤다.

그러더니 고속으로 요요를 조종하여 다시 실로 베어 내는 공격을 반복했다. 요요의 궤도뿐만 아니라, 작은 동작으로 변화하는 예리한 실 공격. 이것이야말로 롤링 슈터가 특기로 하는 방식이었다.

물론 카드만이 아니라 사용자의 실력에 의한 것도 크다. 박살꾼이라는 이명을 지닌 아놀드지만 실제로는 섬세한 동작을 특기로 하며, 속도나 화력이 자랑인 카드를 봉인하고 이기는 전법에 뛰어났다.

"하아아아아앗!"

롤링 슈터의 요요 공격이 점점 날카로워지며, 자유자재로 미체트를 덮쳤다. 평범한 카드라면 이미 온몸이 찢어졌어도 이상하지 않다.

그러나 아키토에게 조작되고 있는 미체트는 경쾌한 스텝으로 움직이며 모든 공격을 여유롭게 피했다.

"열심히 하네. 하지만 수법을 알면 대단치 않아. 결국 두 개의 요요뿐이니까. 나를 사로잡고 싶다면, 그 열 배는 손에 드는 게 좋을걸."

미체트가 요요 하나를 고개를 돌려 피하며 도발하자, 아놀드가 히죽 웃더니 자신의 홀더에서 한 장의 카드를 꺼내 외쳤다.

"그 도발, 넘어가 주마! 이걸로 산산조각 나버려라, [롤링 슈터] 메인 스킬…… 〈초월 기예 요요 절계〉!!"

그것은 롤링 슈터의 메인 스킬을 사용하기 위한 스킬 카드였다. 카드의 힘이 해방되어, 롤링 슈터에게 주입되었다. 순간 손이 빛나더니 새로운 요요가 나타났다. 원래 갖고 있던 것도 포함하여 세 개씩, 양손에 여섯 개. 그것들을 일제히 날리며 롤링 슈터가 외쳤다.

"오오오오오오!"

여섯 개의 요요가 공중을 달려 각자 다른 궤도로 미체트를 노렸다.

"큭! 진짜 요요를 늘리는 스킬을 갖고 있다니……."

당황한 미체트가 뒤로 점프했다. 그러나 요요들은 말도 안 되는 각도로 공중에서 꺾여 미체트를 추격했다. 동시에 그 실이 격하게 흔들리며 참격을 가했다.

여섯 개의 요요와 그 실에 의해 초음속으로 공간을 압도하는 기술. 그것이 롤링 슈터의 메인 스킬 〈초월 기예 요요 절계〉이다.


**[롤링 슈터] 메인 스킬: 〈초월 기예 요요 절계〉**

**사용 후, 요요의 수가 여섯 개로 증가하며, 요요의 궤도를 자유자재로**

**변화시키는 것이 가능해진다.**

그럼에도 미체트는 빠르게 뛰어 피했으나, 그때 아놀드가 히죽 웃자 미체트를 지나치며 넘어간 요요들이 서로 얽히며 멈췄다.

실수한 것이 아니다. 이것이 바로 아놀드식 전법의 완성형이다.

"앗!"

얽힌 요요에 연결된 실들. 그것이 미체트를 에워싸듯이 펼쳐져 있었다. 말하자면 실로 만든 감옥이다.

"어떠냐! 이것이 나의 특기, 요요 절계에 의한 처형 감옥이다! 아무리 빠르더라도 이 안에 잡히면 탈출은 불가능! 이제 잘려 조각날 일만 남았다!"

아놀드가 외치며 실을 조종했다. AP 4900의 위력을 지닌 참격이 완전한 포위를 이루며 가해졌다. 안에 있는 것이 어떻게 될지는 생각할 것도 없다.

"죽어라!"

아놀드가 외치자, 실이 일제히 공간을 갈랐다.

도망칠 곳은 없다…… 이겼다!

승리를 확신한 아놀드. 그러나 그 순간, 롤링 슈터의 등 뒤에서 그의 어깨에 팔꿈치를 올린 누군가가 느긋한 어조로 물었다.

"──꽤 열심히 한 모양이지만, 당신 뭘 잡은 거야? 벌레 뭐, 그런 건가? 하지만 저런 어설픈 방법으론 잠자리도 못 잡을 것 같은데."

"헉…………!"

롤링 슈터가 경악한 표정으로 돌아보았다.

그곳에는 딴청을 피우는 얼굴을 한 미체트가 서 있었다.

"말도 안 돼…… 이 자식, 대체 어느새?!"

아놀드도 크게 놀랐다. 그의 시점에서는 미체트가 저 포위망을 빠져나오는 모습을 전혀 보지 못했기 때문이다.

그런 그에게 미체트는 씩 웃으며 대답했다.

"뭘. 당신들이 열심히 특기를 발휘한 순간, 좀 달려서 뒤로 빠졌을 뿐이야. 당신들은 자신의 필살기에 의식을 너무 집중했어. 그래선 안 되지, 나에게서 잠깐이라도 눈을 떼면."

"……오오옷!"

서둘러 거리를 벌린 롤링 슈터가 손으로 되돌린 요요를 날렸다. 미체트의 얼굴을 노린 일격이다.

그러나 미체트는 딱히 당황한 기색도 없이 오른손을 움직여 마치 브이 사인을 만들듯이 손가락 두 개를 세워 그 요요를 탁 잡아 버렸다.

"앗…… 이럴수가?!"

"이런 느려 빠진 장난감, 잡으려고 하면 언제든지 잡을 수 있어. 우리 마스터 씨가 좀 더 실전에서의 움직임을 확인하고 싶나고 해서 잠깐 놀아 줬을 뿐이야. 하지만……."

순간 붙잡은 요요를 손가락 힘만으로 분쇄한 미체트의 모습이 사라졌다.

타격이 가능한 거리로 스르륵 진입한 미체트가 그대로 팔을 뻗어 손바닥으로 롤링 슈터를 쳐올렸다.

"커헉!"

비명을 지르며 롤링 슈터의 몸이 허공을 날았다. 그동안에도 미체트의 몸이 뛰어올라, 콜로세움의 지면을 그 강철 손가락으로 단단히 잡아 물구나무를 서는 자세를 취했다.

"슬슬 끝장을 내도록 하지. 마무리다, 아키토!"

"그래! 미체트, 메인 스킬……!"

서로의 의견이 일치하자, 아키토의 손이 홀더에서 스킬 카드를 뽑았다.

그 카드에서 미체트의 몸으로 힘이 주입되어, 물구나무를 선 미체트가 그 자세로 서서히 몸을 용수철처럼 움츠리기 시작했다. 그와 함께 은색의 몸이 검은색으로 변해 갔고, 강력한 힘으로 지면을 쥔 손에 한계까지 힘이 쌓였다.

"〈블랙 호크……〉."

그리고 그것이 극한까지 모인 순간.

"〈스트라아아아아아이크〉!!"

모든 힘을 해방한 미체트의 몸이 검은 탄환이 되어 발사되었다.

[행성연합군 특수부대 허미트 소속 스피드 스타]

메인 스킬: 〈블랙 호크 스트라이크〉

사용 후, 약간의 준비 동작 후, 자신을 탄환 삼아 쏜다.

이때의 위력은 이 카드의 AP에 1000을 더한 것이 된다.


그것은 대기층을 가르며 큰소리와 함께 돌진하여, 낙하하기 시작한 롤링 슈터의 몸에 번개처럼 꽂혔다.

"갸아아아아아아아악!"

롤링 슈터의 입에서 절규가 터졌다. 날아 차기를 하는 요령으로 가한 일격은 명중한 뒤에도 그 기세가 줄어들지 않아 롤링 슈터의 몸을 뒤로 날려버렸고, 그대로 굉음과 함께 콜로세움의 벽면에 박히게 했다.

엄청난 위력에 튼튼하게 만들어진 콜로세움에 벽에 금이 가면서 파편이 튀었다.

뭉게뭉게 연기가 일다가 다시 가라앉은 곳에는…… 사라지기 직전인 롤링 슈터와 그곳에서 자신의 다리를 빼내고 있는 미체트의 모습이 보였다.

《거기까지! 승자, 타카츠키 아키토 선수! 완벽한, 그야말로 완승입니다아아!》

중계방송이 승자를 알리자 관객의 함성이 폭발했다.

"으아아아……. 말도 안 돼, 이 내가 이토록 간단히……."

함성 속에서 털썩 무릎을 꿇고 손에서 사라져 가는 롤링 슈터의 카드를 멍하니 바라보며 아놀드가 말했다.

반면 아키토는 어떤가 하면, 어깨가 들썩이도록 거칠게 숨을 쉬며 열띤 목소리로 중얼거렸다.

"대단해……. 이게 실전에서의 미체트……. 정말 상상 이상이야…… 굉장해, 정말 굉장해……!"

연습으로 미체트의 실력은 실컷 보았지만, 역시 실전은 다르다. 미체트가 지닌 독특한 감각에 이끌려 매 순간이 영원하게 느껴지는 듯한 착각마저 들었다.

그것은 압도적인 스피드의 세계였다.

미체트를 통해 보는 다른 사람들은 너무나 느렸다.

그리고 떨리는 자신의 손을 바라보던 아키토의 곁으로 미체트가 다가와 씩 웃으며 말했다.

"말해 두겠는데, 나의 속도는 절대 이 정도가 아니야. 진짜 나는 훨씬 더 빨라. 다시 한번 말하지…… 당신이 나의 전속력을 이끌어낼 수 있을까."

아키토는 그런 미체트를 잠시 멍하니 바라보았으나, 이윽고 똑같이 씩 웃었다.

"기대되는데. 끌어내고 말겠어…… 하지만, 너의 전속력이 아니야. 네 스스로가 생각하는 전속력, 그것보다 더 빠른 세계를."

"……흐음. 말은 잘하는군, 마스터. 정말 기대돼…… 다만 오늘은 우리의 승리를 기뻐하지."

기뻐하며 미소 짓는 미체트가 일방적으로 단단히 어깨동무를 하면서 아직도 환호하고 있는 관객에게 손을 흔들었다. 그런 그를 기쁜 듯 바라본 뒤, 아키토도 그를 따라했다.

아키토와 미체트는 이렇게 충분하다고 해도 좋을 만한 내용으로 첫 경기를 승리로 장식하였다.

2

"……네, 그럼 다음 시합 도전자 신청 등록은 이것으로 완료되었습니다. 대전 상대가 신청할 때까지 기다려 주십시오."

"네, 그럼 잘 부탁해요."

사무적으로 알리는 콜로세움의 직원에게 인사하고, 아키토는 그 자리에서 떠났다.

미체트와의 시합이 끝나고, 아키토는 곧장 다음 시합 등록을 하러 갔다.

한 시합으로는 너무 부족하다. 어서 다음 시합을 하고 싶어서 참을 수가 없었다.

"하지만 상대가 오지 않으면 시합을 할 수 없어. 그럼 어떻게 시간을 보낼까…… 엇."

그런 생각을 하며 콜로세움의 선수 통로를 걷던 아키토는 통로 맞은편에 서 있는 멜리사를 발견했다.

'멜리사…… 왠지 오랜만이네. 시합, 하고 있었구나…….'

아키토는 기쁜 마음에 그쪽으로 향했다. 오랜만에 멜리사와 대화하고 싶었다.

새로운 카드 동료들에 대해서도 말하고 싶고, 가능하면 함께 다시 시합에도 나가고 싶다.

그런데 그때 멜리사가 혼자가 아닌 것을 발견하고 걸음을 멈췄다.

'……저 사람 누구지?'

다소 몸집이 작고 눈이 길게 뻗은 남자였다. 긴 머리를 모두 뒤로 넘기고, 조금 헐렁한, 용 자수가 들어간 화려한 옷을 입고 있다.

아마 히나토국과 바다를 두고 떨어진 대륙에 있는 카란국의 복장일 것이다.

혹시 멜리사의 새로운 동료일까 하는 생각을 하였으나, 멜리사가 매우 불쾌한 얼굴임을 발견했다.

"……몇 번이나 말했잖아. 너와 팀을 짤 생각은 없어. 방해하지 마."

멜리사의 목소리가 들렸다.

그러자 그 눈매가 긴 남자가 히죽 웃으며 대답했다.

"고집 피우지 마. 나 같은 투사가 파트너로 받아 주는 행운, 그리 없을걸. 돈도 벌게 해준다는데 뭐가 불만이야?"

"너. 네가 싫어. 내 시야로 들어오지 말아줘."

"……거만한 여자 같으니. 귀여움받는 법을 알려줄까?"

"앗……!"

그때 남자가 멜리사의 손을 난폭하게 잡고 확 끌어당겼다.

"무슨 짓이야! 이거 놔……."

멜리사가 떨쳐내려고 애를 썼으나, 남자는 결코 손을 놓지 않았다.

그러면서 히죽히죽 웃으며 말을 이었다.

"너는 고작해야 약해 빠진 여자야. 마스터로서의 실력도 내가 더……."

"이봐, 무슨 짓이야!"

그때 보지 못한 아키토가 거칠게 외치며 끼어들었다.

그리고 남자의 손을 억지로 떼어 내고, 멜리사를 보호하듯이 그 앞에 서서 막았다.

"아키토……?!"

"……뭐야, 이 자식. 왜 이래?"

멜리사가 놀라 외치자, 손이 풀린 남자가 불쾌한 듯 아키토를 노려보았다.

"왜 이러냐는 건 내가 할 말이야. 내 친구에게 무슨 짓이야, 너."

아키토가 마주 노려보며 말하자, 남자는 그 얼굴을 잠시 바라보더니 코웃음을 쳤다.

"네놈인가. 얼마 전까지 저 여자와 팀을 짰던, 아마…… 타카츠키였던가. 비켜, 너 같은 애송이에겐 볼일 없어. 사라져."

"내가 애송이인지는 상관없어. 내 친구를 괴롭히지 마."

"……사라지라고 말한 거 못 들었나?"

남자가 위협하는 목소리로 말했지만 아키토는 한 걸음도 물러서지 않았다.

치열하게 노려보기 시작한 두 사람 사이로 멜리사가 당황하여 끼어들었다.

"잠깐, 그만해……! 아키…… 타카츠키, 왜 갑자기 온 거야. 당신은 상관없잖아. 이건 내 문제니까 무시해!"

"무시할 수 없어. 네가 어떻게 생각하든, 난 멜리사에게 해를 끼치는 녀석을 용납하지 않아."

멜리사가 아키토를 말리려고 했지만, 그래도 아키토는 물러나지 않았다.

"나이트 행세라도 하는 거냐, 애송이가. 내가 리 옌푸라는 걸 알면서 이러는 거야?"

"……리 옌푸……?"

남자가 냉소하며 소개하자, 아키토는 그 이름을 되풀이했다.

그 이름은 낯이 익었다, 분명…….

"……이 녀석은 지금 콜로세움에서도 열 손가락 안에 들

어간다고 일컬어질 정도의 투사야. 아키토, 당신이 대적할 상대가 아니야. 됐으니까 물러나……!"

리 옌푸. 인기 있는 선수 중 하나로, 콜로세움 최강의 자리를 다투는 유명한 선수이다.

현재 콜로세움에는 왕자라 불리는 최강의 투사가 있는데, 그 상대와도 호각으로 겨룰 수 있다고 할 정도이다.

"그게 바로 나야. 너 까짓것, 나에겐 상대도 안 돼. 이건 저 여자와 나와의 문제니 애송이는 빠져."

"꺅……."

리가 의기양양하게 말하더니, 멜리사의 어깨에 팔을 둘러 억지로 끌어안았다.

보다 못한 아키토가 이봐 하며 팔을 뻗으려던 순간, 멜리사가 억지로 몸을 떼어내 그 손을 쳐냈다.

"이제 그만해! 너무 집요하게 굴면 용서하지 않겠어……! 지금 당장 꺼져, 민폐니까!"

"……흥. 뭐, 좋아. 오늘은 이 정도로 하지."

멜리사가 화난 얼굴로 말하자, 이 이상은 소용없겠다고 판단했는지 리가 물러났다.

"하지만 난 포기하지 않아. 반드시 널 손에 넣고 말겠어. ……그리고 너."

리가 걸어가며 아키토를 보더니 읊조리듯이 말했다.

"이 여자에게는 두 번 다시 다가가지 마라. 혹시 다음에 또 다가간다면…… 나에게 죽어."

"…………."

그 말에 아키토는 조용히 노려보았다.

그러나 리는 그 이상 아무 말도 하지 않고 유유히 떠나버
렸다.

"……뭐야, 저 녀석은. 멜리사, 어쩌다 저런 녀석하고 얽
힌 거야."

"……나에게도 여러 가지 사정이 있어. 아, 진짜."

리의 모습이 보이지 않게 된 것을 확인하고 아키토가 묻
자, 멜리사는 한숨을 쉬며 대답했다.

"나한테 눈독을 들이더니 저렇게 추근거리면서, 내가 다른
사람과 이야기하면 상대를 위협해서 쫓아내 버려. 리가 강한
건 모두 알고 있으니, 덕분에 성가셔졌어. 정말이지……."

"콜로세움의 운영에 비매너 행위로 신고할 수는 없어?"

"소용없어. 입장 금지 같은 건 웬만하면 불가능하고, 저
녀석도 당하지 않을 범위에서 하고 있으니까. ……이게 아
니지. 타카츠키, 당신과는 상관없잖아. 당신도 이제 나에게
말 걸지 말아 줘. 민폐니까."

그때 퍼뜩 깨달은 멜리사가 새침하게 팔짱을 끼더니 고개
를 돌렸다.

"……이제 와서 늦은 거 아냐? 아까 전처럼 아키토라고
불렀으면서."

"시, 시끄러워! 당신도 나에게 추근거리는 건 마찬가지야! 나와 당신은 이미 적이니까 친근한 척 굴지 마! 연락도 하지 말고, 잘 가!"

말하면서 멜리사가 걸음을 옮겼다.

그러나 그 뒷모습이 왠지 쓸쓸해서, 아키토는 말을 걸지 않을 수 없었다.

"……언제든지 연락해! 그리고 저런 녀석이 말했다고 해서 너에게 다가가는 것도 그만두지 않을 거야! 멜리사, 무슨 일이 생기면 나에게 말하고!"

"……바보."

그 말에 멜리사는 그 자리에 우뚝 서서 그렇게 말했지만, 돌아보지는 않고 가버렸다. 아키토는 아쉬워하며 당분간 그 모습을 바라보았지만, 이윽고 머리를 살짝 저어 마음을 다잡았다.

생각하는 바는 많지만, 지금은 시합에 집중하자.

분명 멜리사는 언젠가 다시 함께 할 수 있을 것이다. 지금은 그것을 믿고 멜리사의 옆에 서기에 어울리도록 자신을 단련해야 한다.


3


"……저기. 다시 한번 확인하겠습니다만, 진심입니까, 마스터. 정말, 진짜로 저를 데리고 시합에 나갈 생각으로?"

그로부터 잠시 뒤. 아키토는 이번에는 요시히코와 함께 콜로세움의 통로를 걷고 있었다.

"물론이야. 말했잖아, 실전에서 모두의 움직임을 보고 싶다고. 너도 예외는 아니야, 요시히코 군. 이미 원 카드 원 킬 선수로 너를 등록했어. 이제 상대를 기다릴 뿐이야."

아키토가 기뻐하며 대답했다. 선수 등록이란 콜로세움의 운영에 다음 시합에서 쓸 카드와 걸 금액을 전달하고, 그 조건으로 시합을 해줄 상대를 모집하는 것을 말한다.

"아니, 하지만 몇 번이나 설명했잖아요? 저는 능력치는 낮고, 미체트 형님처럼 신체 능력이 높은 것도 아니고, 로미오 씨처럼 방어가 특기인 것도 아니라고. 무리하게 저를 쓰는 것보다도 그들을 써서 시합을 하는 편이 분명 이기기 쉽지 않을까요? 그러니 지금이라도 그렇게 하자고요, 네?"

"아니, 그럴 수는 없어. 넌 미체트와 함께 나에게 와준 카드야. 그렇다면 방치해 둘 수 없지. ……그리고 확실히 돈을 버는 건 나의 목적 중 하나긴 하지만, 그것만이 아니야. 또 다른 나의 목적, 듣고 싶어?"

"듣고 싶지 않습니다."

"내 꿈은 말이야, 모든 카드를 손에 넣고, 모든 카드를 완벽하게 쓰는 거야! 이 세계에는 아직 내가 모르는 카드가 있어. 그리고 너도 그중 하나. 그렇다면 제대로 쓰지 못하는 것이 용납될까? 아니, 용납될 리가 없지! 그러니 나와 함께 한계에 도전하자. 요시히코 군, 정말 기대되지!"

"지금 제가 듣고 싶지 않다고 말하지 않았어요?! 마스터, 들었냐고요?!"

꿈을 꾸는 눈으로 말하는 아키토에게 요시히코가 절규하듯이 따졌다. 그러나 아키토는 전혀 개의치 않고 복도를 성큼성큼 걸으며 말을 이었다.

"그리고 내가 보기에 넌 결코 약한 카드가 아니야. 겉으로 보이는 스테이터스는 낮을지도 모르지만, 그래도……."

"……어이! 네놈이 타카츠키 아키토냐! 등록 봤어. 나와 싸워라!"

아키토가 무언가 말을 이으려는 찰나, 뒤에서 호통이 날아들었다. 무슨 일인가 싶어 돌아보니 머리를 빡빡 민 투박한 남자가 서서 아키토를 노려보고 있었다.

"난 통칭 '박살꾼' 군조! 아까는 엄청 강한 카드로 승리를 거머쥐더니, 다음엔 허접한 카드로 등록?! 완전히 얕잡아 보는 태도가 아닌가, 엉?!"

"……또 박살꾼……? 아까 했던 사람의 이명도 박살꾼이었던 듯한……. 하지만 얕잡아 보는 건 아니라고요. 저는 제 카드들과 실전을……."

"하지만 그게 마음에 들었다! 그런 강한 카드를 쓰면 못 이기겠다고 생각했지만, 그런 약해빠진 카드를 써준다면 승산이 있다고 판단했어! 자, 나와 승부를 내자, 타카츠키 아키토!"

"이 사람도 남의 이야기를 안 듣네요! 그보다 도전하는 동기가 너무 한심해요!"

목소리를 높여 한심한 소리를 하는 군조를 요시히코가 비난했다. 그러더니 몸을 움츠리고 아키토의 소매를 잡아당겼다.

"아, 아니, 마스터, 설마 받아들이지 않겠죠……? 저 사람 엄청 강해 보이잖아요! 저, 저 같은 걸로 싸우면 손해를 본다니까요……. 그만두자고요, 네?"

"그렇게 걱정하지 않아도 괜찮아. 판돈은 3만으로 설정했고, 위험해지면 언제든지 항복해서 널 부서뜨리지도 않을 테니까. 실제로 어떨지는 상대의 카드를 봐야 알지만, 처음부터 이기자고는 안 할 테니 함께 열심히 하자. 응?"

"그렇게 말씀하셔도 저는 말이죠……."

요시히코가 완강히 버티는 와중에 또각, 하고 단단한 것이 바닥에 닿는 소리가 울렸다. 그리고 어렴풋이 향수 냄새가 풍겼다.

그에 이끌려 아키토와 요시히코가 돌아보자, 그곳에는 하이힐을 신고 치마 양쪽이 섹시하게 트인 옷을 입은, 장발의 미녀가 서 있었다.

"저기, 마스터. 상대는 결정되었을까? 혹 · 시 여기 촌스러운 체리들이 다음 상대? 에이, 거짓말.”

그러며 미녀는 군조라 소개한 남자에게 기댔다. 아키토의
눈에는 여자의 옆에 [스네이크 휩 레이폰]이라는 카드 이름
과 스테이터스가 보였다.

[스네이크 휩 레이폰]

AP: 4800 DP: 2900

“그래, 레이폰, 이 녀석들이야. 뭐, 너를 쓰면 질 상대가
아니지…… 어이쿠. 하지만 어떨까, 레이폰은 DP가 낮으니
까, 상대에게도 승산이 있을지도!”

레이폰이라는 그 카드의 허리에 손을 둘러 끌어당기며 군
조가 뻔뻔한 태도로 말했다.

그 말을 흘려들으며 아키토는 이 시합을 받아들여야 할지
고민하기 시작했다.

‘……4800. 화력으로서는 R랭크의 평균보다 위. 수치만
보면 요시히코 군보다 훨씬 강해. 게다가 상대는 모르는 카
드와 모르는 마스터…… 첫 출전인 요시히코 군으로 이 시
합을 받아들이는 건 위험한가?’

레이폰의 DP 2900은 요시히코의 AP 3200보다 밑이므
로 때리면 대미지는 통하겠지만, 그래도 고작 300이다. 상
대를 쓰러뜨리려면 상당히 애를 먹을 것이다. 요시히코도

싫어하고 있으니 지금은 일단 물러나고, 좀 더 하기 쉬운 상대를 찾을까. 그렇게 생각하며 요시히코를 보자, 그는 똑바로 상대를 바라보고 있었다.

"……마스터, 시합을 받아들이죠."

"엥."

요시히코가 혼잣말처럼 중얼거린 말에 아키토가 놀란 소리를 냈다.

그 말을 들은 군조가 손뼉을 짝 치더니 크게 말했다.

"호오라, 카드 쪽은 제법 의욕적인데! 정해졌군, 시합 등록을 하고 오지! 시합장에서 만나자, 하하하, 기대되는군!"

그대로 레이폰을 데리고 크게 웃으며 군조는 가고 말았다.

"……요시히코 군, 괜찮겠어? 꽤 버거운 상대라고 생각하는데."

아키토가 떠나는 그들에게 시선을 보내며 움직이지 않는 요시히코에게 물었다.

그러자 요시히코는 크게 고개를 끄덕이고 대답했다.

"네, 물론이죠. 갑자기 시합이 기대되기 시작하네요……저의 모든 힘을 보여드릴 수 있겠네요, 마스터."


《자, 그럼 원 카드 원 킬, 오늘의 제36시합! '박살꾼'이란 이명을 지닌 군조 선수 대 오늘 두 번째 등장인 타카츠키 아키토 선수!》

머리에 토끼와 같은 귀가 달린 여성 중계자의 목소리가 콜로세움에 울렸다.

그에 맞춰 관객석에서 우렁찬 환호성이 나왔다.

"가라, 군조, 죽여 버려어어! 네가 못 이기면 난 저녁밥도 없다고!"

"가라앗, 타카츠키! 너에게 모든 재산을 걸었다고. 네가 이기면 빚도 사라져! 날 자유롭게 해줘!!"

관객이 아무 말이나 외치며 응원했다. 그들의 시선 끝에 있는 시합장에서는 아키토와 군조가 서로 카드를 들고 시작 신호를 초조하게 기다리고 있었다.

"타카츠키, 시합이 곧 시작될 테니 말하겠는데…… 정말 그런 카드로 이길 생각이냐? 말하긴 그렇지만, 꽤 빈약한 스테이터스와 생김새 아닌가, 안 그래?!"

홀더를 든 군조가 도발하듯이 통신을 보냈다.

이 사람들은 시합 전에 도발하지 않으면 안 된다는 규칙이라도 있나 생각하면서 아키토는 그 말을 무시하고 자신의 눈앞에 선 요시히코에게 말을 걸었다.

"요시히코 군, 정말 괜찮겠어? 상대가 훨씬 강하니 지는 건 각오했어. 판돈은 걱정하지 않아도 되니까 힘들면……."

"……마스터, 하나 부탁해도 되겠습니까."

조심스럽게 제안하는 아키토의 말을 가로막고, 요시히코가 진지한 표정으로 말했다. 그 말을 정확히 듣기 위해 아키토가 입을 다물자, 요시히코는 자신의 여기검의 칼날을 출현시키며 말했다.

"이 시합…… 아슬아슬할 때까지 항복하지 말아 주십시오. 제가 이제 안 되겠다고 말할 때까지 결코."

그 순간 시작 신호가 울려 퍼졌다.

《그럼 시합, 시작!》

시작과 함께 요시히코가 곧바로 뛰어 여기검을 들고 돌격했다.

"오호라, 나약한 카드인 주제에 제법 용기가 가상하구나! 하지만!"

군조의 목소리와 함께 레이폰이 중력이 느껴지지 않는 가뿐한 움직임으로 훌쩍 뛰어올랐다. 그대로 날개라도 돋친 듯 공중을 날아 몸을 돌려 강렬한 공중 돌려차기를 날렸다.

군더더기 없는 일격이 요시히코의 얼굴을 정확하게 노리고 꽂혔다.

"커흑!"

"요시히코!"

요시히코가 비명을 지르자, 아키토는 무심코 그의 이름을 불렀다. 피하려 하였으나 요시히코의 몸이 생각보다 더 반응이 느려서 미처 피하지 못했다. 미체트라면 아무것도 아닌 공격이었을 테고, 로미오였다면 쉽게 방어했을 것이다.

역시 요시히코는 움직임이 둔하다고 순간 생각하고 말았

으나, 아키토는 곧 머리를 저어 그 생각을 떨쳐냈다.

'아니야, 내가 다루지 못했을 뿐이야! 좀 더 연습을 했어야 했어……!'

요시히코는 연습을 싫어하고, 또 요시히코와의 모의전을 캐롤을 비롯한 여성들이 싫어한 탓에 생각한 대로 연습이 진행되지 않았다. 그래도 어느 정도 다룰 수 있게 된 듯하여 시합에 왔는데 아무래도 무른 판단이었을지도 모른다.

"자, 자, 자! 느려 빠진 카드 자식, 레이폰의 발차기는 더욱 속도가 빨라질 거다! 얼른 부서져 버려!"

아키토가 후회하는 동안에도 군조에게 조종되는 레이폰이 그 길고 아름다운 다리를 맹렬한 기세로 움직여 차례차례 연속 발차기를 가했다. 온갖 각도에서 눈에도 보이지 않을 속도의 공격이 훙훙 채찍처럼 소리를 내며 덮쳐 왔다.

[스네이크 휩 레이폰]. 스네이크 휩이란 뱀처럼 휘어지고 채찍처럼 날아드는 그 종횡무진인 발차기 기술을 말한다.

"커흐, 윽, 아악……."

공격마다 맞는 바람에 요시히코의 입에서 끊임없이 비명이 터졌다. 전혀 승부가 되지 않는다. 거의 샌드백 상태다.

"하하하하하, 이거 좋은데! 발차기 연습을 하는 기분이야! 게다가 이게 끝나면 돈까지 받다니 이 얼마나 좋은 시합이냐! 자, 그럼…… 마무리다!"

군조가 의기양양하게 굴자 레이폰이 치마를 펄럭이며 강

렬한 돌려차기를 날렸다.

대형 차량조차 일격에 분쇄할 강력한 공격이다. 그것이 정확하게 요시히코의 머리를 노리고 그 목을 베듯이 빙글 회전시켰다.

그대로 무너져 내린 요시히코의 머리에 레이폰의 뾰족한 하이힐이 박히며 쿠왕! 하고 폭발하는 소리와 함께 바닥에 내리꽂혔다.

《오오, 강렬한 일격이 들어갔습니다! 이거 승부가 나는 걸까요!》

"……요시히코오오오!"

중계자가 도발하자, 아키토가 창백해진 얼굴로 절규했다.

공격을 정통으로 맞고 말았다. 머리가 깨질 정도의 일격이다. 본래는 지금 공격으로 카드가 부서졌어도 이상하지 않다. 아키토의 손에 있는 요시히코의 본체인 카드는 아직 부서지지 않았지만, 시간 문제로 보였다.

아키토의 머릿속에 항복이라는 글자가 스쳤다. 그런데 압도적으로 시합을 유리하게 진행하고 있는 군조는 군조대로 묘한 느낌을 받았다.

'뭐지? 이 녀석, 부서지질 않아. 상당히 괜찮은 일격을 가했을 터인데 왜 고작 DP 2000인 잔챙이가 레이폰의 공격을 이렇게 맞고도 부서지질 않지?'

이 정도로 공격을 가했다면 DP가 더욱 높은, 3000이나

3500인 상대라도 파괴할 수 있었을 터였다. 그러나 레이폰의 밑에 쓰러져 있는 카드는 여전히 부서지지 않았다.

반면, 그런 요시히코를 짓밟고 있는 레이폰 쪽도 위화감을 느끼고 있었다.

'⋯⋯이 녀석 뭐야. 공격하려는 시도조차 안 보이는데⋯⋯. 약하다고 해도 왠지 움직임이 이상하지 않나? 마치 일부러 맞는 듯한⋯⋯.'

의아해하며 요시히코의 머리를 하이힐로 꾹꾹 짓밟았다. 그러자 발밑의 요시히코가 그 가는 눈으로 레이폰 쪽을 올려다보며 열띤 얼굴로 중얼거렸다.

"⋯⋯히아⋯⋯ 하아⋯⋯. 좀 더⋯⋯ 좀 더 짓밟아 주십시오, 누님⋯⋯."

"큭⋯⋯⋯⋯!"

오싹하고 등줄기가 서늘해져 레이폰은 허겁지겁 그 자리에서 물러났다.

살펴보자 온몸에 닭살이 돋아 있었다.

레이폰의 본능이 외쳤다. 이 녀석은⋯⋯ 위험하다!

"어라⋯⋯ 벌써 끝난 겁니까? 괜찮은 느낌이었는데⋯⋯. 이거 참, 설마 미인 누님에게 하이힐로 밟히는 행위가 이만큼 쾌락을 줄 거라고는 생각하지 못했습니다. 새로운 문을 열고 말 것 같네요."

그런 말을 하며 온몸이 엉망이 된 요시히코가 스르륵 일어났다.

레이폰은 자신의 몸을 끌어안으며 히익 비명을 질렀다.

"마, 마스터, 이 녀석 뭔가 이상해……. 나, 난 쟤랑 싸우고 싶지 않아……!"

"지, 진정해, 이미 흠씬 얻어맞은 상대잖아! 조금만 더 하면 쓰러뜨릴 수 있으니 약해지지 마!"

군조가 자신의 카드를 격려했다. 상대가 그러는 동안 아키토 쪽도 자신의 카드에게 말을 걸었다.

"요시히코 군, 괜찮아? 피가 나는데, 아직 계속할 셈이야?! 항복해도……."

"무슨 소리야, 마스터. 이제부터가 좋은 거 아닙니까. 저도 엔진이 예열된 참이라고요. ……그런데 부탁이 있습니다만."

흥 하고 콧김으로 코피를 뿜어내며 요시히코가 말했다.

"가능하면 저의 조작을 느슨하게 해주실 수 있겠습니까. 좀 더 저의 의사로 움직이면 좋겠는데요."

"어, 어어. 네가 그렇게 말한다면야."

아키토가 당황한 얼굴로 대답했다. 아키토는 지금까지 요시히코의 움직임을 확실하게 조작하고 있었으나, 확실히 그의 말대로 조금 자유롭게 하는 편이 나을지도 모른다.

카드의 조작은 말하자면 사용자와 카드에 의한 공동작업이다. 그리고 복수의 카드를 사용하게 되고 깨달은 것인데 카드는 각자에게 맞는 조작법이 있다는 것이다.

로미오와는 절반씩 맡는 것이 딱 좋았으나, 요시히코는 6:4 정도의 비율로 저쪽에 더 맡기는 쪽이 나을지도 모른다.

"감사합니다. 그럼…… 계속해서 할까요."

요시히코가 씩 웃더니 걸음을 옮겼다.

그를 레이폰이 굳은 얼굴로 마주 보았다.

"오, 오지 마, 변태! 다가오면…… 죽여 주겠어!"

레이폰이 소리치며 특기인 발차기를 질풍처럼 날렸다. 예리한 칼날 같은 일격이지만, 이번에는 상황이 달랐다.

요시히코가 스르륵 움직여 그 공격을 종이 한 장 차이로 피한 깃이다. 요시히코의 가는 눈이 레이폰의 다리 궤도를 똑똑히 따라잡는 듯 보였다.

"이…… 이 자식!"

당황한 레이폰이 연달아 발차기를 가했다.

무릎에서 자유자재로 각도를 바꾸며 종횡무진 움직이는 다리가 전혀 요시히코에게 맞지 않았다. 요시히코는 다소 볼썽사납기는 하지만 재빠르게 움직이며 모두 피해냈다.

그리고 그 모두를 확실하게 눈으로 확인하고 있다…… 아니, 그렇지 않다.

요시히코와 시선을 공유하는 아키토는 그 눈이 어디를 향하고 있는지 싫을 만큼 잘 알았다. 즉.

'……요시히코 군, 계속 상대의 허벅지를 보고 있어……!'

그렇다. 그런 것이다. 요시히코는 공격을 확인한 것이 아니다. 상대의 허벅지를 응시하고 있을 뿐이다. 레이폰의 건강하면서 길게 쭉 뻗은 아름다운 다리. 종이 한 장 차이로 공격을 피하고 있는 것은 다리를 끝까지 보기 위함이고, 몸을 지키거나 공격하기 위한 것이 아니었다.

"큭, 이런……."

당황한 레이폰이 섣불리 하이킥을 날렸다.

뻔한 공격이다. 그 순간 요시히코의 가는 눈이 반짝 빛났다.

"……지금이다아아아아아!!"

고함을 치며 몸을 쑥 낮춘다.

레이폰의 공격은 완전히 빗나가 허무하게 허공을 갈랐다.

"아차……!"

레이폰이 놀란 소리를 냈다. 완벽한 실수다. 자신은 다리를 크게 휘두르는 바람에 한쪽 다리로 서 있는 상태이고, 상대는 자신이 걷어찬 다리의 그늘에 숨고 말았다. 완전한 사각지대다.

여기서 일격을 맞으면 상대의 AP가 낮다고 해도 무사하지 않을 것이다. 레이폰은 치명적인 일격이 날아올 것을 각오했다.

'…………어라?'

그러나 아무리 시간이 지나도 아무 일이 없었다.

걷어찬 자세 그대로 서 있던 레이폰은 의아하여 다리를

조금씩 움직여 살펴보았다. 그러자…… 개구리처럼 납작 엎드린 요시히코의 모습이 보였다.

무슨 까닭인지 공격을 할 기미는 보이지 않고, 지그시 위를 올려보고 있었다.

그리고 완전히 풀어진 한심한 얼굴.

천천히 요시히코의 시선을 따라가자…… 그제야 레이폰은 깨달았다.

"……꺄아아아아아아악!"

그대로 휙 몸을 돌려 자신이 입고 있는 옷자락을 눌렀다.

그렇다. 요시히코가 엿보던 것은…… 레이폰의 치마 속.

즉, 팬티였다.

"이, 이 녀석, 내 속옷을…… 전투 중에 뭐하는 거야! 이 변태! 변태!!"

"후훗, 보라색 레이스입니까. 좋은 걸 입고 계시군요. 그 뒤의 반응도 좋고. 동요하지 않는 누님 계열 캐릭터라고 생각했는데 이 순진한 반응…… 참을 수 없군요."

레이폰이 새빨개진 얼굴로 요시히코에게 화를 냈지만, 당사자인 요시히코는 전혀 개의치 않고 듣고 싶지도 않은 평가를 입에 담았다.

그러더니 중대한 일을 하나 끝냈다는 듯 만족스럽게 일어났다. 시합에는 질지도 모르지만, 정신적으로 요시히코는 이미 승리했다고 해도 좋다.

그런 요시히코의 뒤에서 사용자인 아키토도 어이가 없는 얼굴로 중얼거렸다.

"……요시히코 군. 넌 정말……."

그렇다. 요시히코의 모든 행동은 상대의 격한 움직임을 유도하여 치마가 펄럭이는 순간을 노리기 위한 것이었다.

속옷을 위해서라면 자신의 능력을 뛰어넘는 움직임마저 보여주는 카드, 요시히코.

어쩐지 강자의 아우라마저 감돌기 시작한 요시히코가 아키토를 돌아보며 말했다.

"마스터. 당신, 아까 '나는 모든 카드를 제대로 쓰는 것이 꿈이다' 같은 말을 하셨죠. 신기하네요, 사실 저도 비슷한 꿈이 있거든요. 그것은……."

"……그것은?"

요시히코가 히죽 웃더니 엄지를 세우며 말을 이었다.

"'모든 여자 카드의 속옷 색깔을 확인하는 것'입니다……! 헤헤, 저희는 동료네요! 이루도록 하죠, 두 사람의 꿈을……! 자, 마스터! 지금이야말로 제가 스킬을 써야 할 때입니다! 저에게 힘을!"

"같은 취급하지 마! 난 속옷 색 따위는 확인하고 싶지 않아! 아니, 나는 이런 식으로 스킬을 쓰고 싶지 않았어……!"

진심으로 경멸하는 얼굴로 말하면서도 아키토는 홀더에서 스킬 카드를 꺼냈다.

그대로 머리 위로 들어 그 힘을 해방했다.

"[리비도 전사 요시히코] 메인 스킬……!"

카드가 빛나며 요시히코에게 힘이 주입되었다.

힘이 나는 것을 느끼며 요시히코가 우렁차게 외쳤다.

"우오오오옷……! 〈리비도 파워 전개〉!!"

순간 요시히코의 몸이 빛나며 폭풍처럼 힘이 흘러나왔다.

그 폭풍으로부터 가리듯이 한 손을 든 군조가 놀란 소리를 냈다.

"이 녀석…… AP가 점점 올라가고 있어……?!"

그 말대로 본래는 고작 3200이었던 요시히코의 AP가 쑥쑥 상승하고 있었다. 3500을 넘어 4000도 넘어…… 그 수치가 무려 4700까지 올라갔다.

"후우…… 역시 많이 올랐군요……. 어떻습니까, 이것이야말로 저의 능력 '리비도 파워'입니다……!"

샘솟는 힘에 요시히코가 만족스럽게 미소 지으며 말했다.

요시히코가 소속된 시리즈는 특수 능력을 지닌 학생끼리 싸우는 것으로, 당연하지만 그에게도 그런 능력이 있다. 그리고 요시히코가 지닌 능력은…… '성적 충동이 강해지면 강해질수록 능력이 상승한다'는, 매우 말하기 그런 것이었다.

**[리비도 전사 요시히코] 메인 스킬: 〈리비도 파워 전개〉**

**사용 후, 그때까지 전투로 강해진 성적 충동에 따라 AP가 상승한다. 이**

**효과는 사용 후에도 이 카드의 감정에 따라 변동된다.**

"AP를 1500이나 상승시키는 스킬이라고?! 말도 안 돼, R 랭크가 그만큼 능력을 올려주는 스킬을 가졌다는 건 들어본 적 없어……!"

"훗, 그렇겠죠. 저 자신도 놀랐습니다, 저의 힘에……!"

군조가 놀라자 요시히코가 의기양양하게 대답했다.

아키토가 요시히코를 뽑은 뒤 이 스킬을 제대로 쓴 것은 이번이 처음이었기에 두 사람도 얼마나 상승할지 파악하지 못했다.

그런 요시히코를 경악한 눈으로 바라보면서도, 군조가 태세를 가다듬듯이 외쳤다.

"하지만…… 그만큼 올라가도 역시 대단할 거 없어! 스킬을 쓰고 이거라면 처음부터 그 정도 수치의 카드를 사는 편이 훨씬 이득이야!"

"그런 말 하지 마시죠?! 스스로도 신경 쓰이니까요!"

요시히코가 바로 화를 냈다.

그러나 곧 마음을 가다듬고 여기검을 들어 다시 레이폰과의 거리를 좁혔다.

"어찌 됐든 이걸로 화력은 비슷해졌죠…… 사양하지 않고 먼저 공격하겠습니다!"

그러며 검을 쳐들었다.

레이폰은 자신을 향해 다가오는 검을 눈으로 똑똑히 응시하며 외쳤다.

"얕보지 마라⋯⋯!"

그대로 가볍게 스텝을 밟아 요시히코의 일격을 쉽게 피했다.

아무리 수치가 올라가더라도 이 녀석 자체의 움직임은 역시 놀랍지 않다. 그 사실을 확인하고 여유를 되찾은 레이폰이 미소를 지었다.

"흥, 이제야 제대로 싸울 마음이 든 모양이지만, 역시 움직임이 둔하구나! 그런 허접한 공격, 나에게는 평생 맞지 않을걸."

비웃는 말투.

그러나 당사자인 요시히코는 미소로 대답했다.

"과연 그럴까요⋯⋯. 누나, 어깨 부분. 베여 있는데요."

"앗⋯⋯."

그 말에 레이폰이 확인하자 놀랍게도 옷의 어깨 부분이 살짝 베어져 찢겨 있었다. 피부에는 상처 하나 없는데 옷만 찢어진 것이다.

'아니, 위치를 잘못 봤나?! 분명 공격 범위에서 벗어났을 텐데⋯⋯!'

레이폰의 마음에 동요가 퍼졌다.

그러나 그러는 동안에도 요시히코가 검을 들어 연속으로

공격했다.

"자, 받아라, 받아라!"

"큭……!"

그 공격을 레이폰은 몸을 젖혀 피했다…… 아니, 피할 생각이었다.

그러나 무슨 까닭인지 요시히코의 공격은 모두 레이폰의 몸을 스치며 옷 여기저기를 찢어버렸다.

생각지도 못한 상황에 군조가 비명처럼 소리를 질렀다.

"말도 안 돼! 왜 피하지를 못 하지?! 분명 다 파악했을 터인데…… 아닛?!"

퍼뜩 깨달았다. 군조와 레이폰은 요시히코의 공격 거리를 검의 원래 형태로 파악했었다. 그러나 요시히코의 검은 실체를 지니지 않은 에너지 칼날이다. 즉.

"……이 자식, 공격하는 순간에 검을 길게 늘인 건가!"

"후후…… 들키고 말았습니까. 뭐, 그렇습니다."

요시히코가 만족스럽게 웃으며 자신의 여기검을 가볍게 휘둘렀다. 그러자 그때마다 검이 단도처럼 짧아졌다가 창처럼 예리하게 늘어나기를 반복했다.

그렇다. 요시히코는 여기검의 길이를 자유자재로 조절할 수 있다. 따라서 공격할 때마다 그 길이가 바뀌어 패턴도 변화한다. 레이폰 쪽은 그것에 농락당한 것이다.

"알고 나면 별것 아닙니다만…… 그렇다고 해서 피할 수 있을까요?!"

그렇게 말하며 요시히코가 다시 검을 크게 휘둘렀다. 레이폰이 얼른 뛰어 피하려고 했지만 길게 늘어난 요시히코의 검이 그렇게 놔두지 않았다.

그리고 다음 순간.

레이폰의 가슴이 크게 베이며 풍만한 가슴 일부가 드러나고 말았다.

"……꺄아아악!"

레이폰이 손으로 허둥지둥 드러난 부분을 가렸다. 그 모습을 보던 관객석에서 환호성이 터졌다.

"우오오오오, 좋아! 더 벗겨! 제법인데, 어쩌고 전사 요시히코!"

"가라! 전투 중에 일어난 해프닝이니 괜찮아! 싸우다 벌어진 일이잖아!"

남자들이 콧김을 내뿜으며 외쳤다. 이놈이고 저놈이고 헤벌쭉한 얼굴을 숨기려고도 하지 않는다.

그 말을 들으며 군조가 당황한 얼굴로 아키토에게 따졌다.

"이봐! 카드에게 일부러 옷만 노리게 하는 거지?! 더러운 변태 자식아!"

군조의 말대로 레이폰은 옷은 찢기기는 했지만 몸에는 상처 하나 없었다. 그 모습을 보며 아키토가 어색한 얼굴로 대답했다.

"아니야, 그렇지 않아. 나는 제대로 공격하려고 했어…….
하지만 요시히코 군이 스스로 검의 길이를 조정해서 옷만
노리느라……."

그렇게 변명하자 요시히코는 아키토를 바라보며 말했다.

"마스터, 죄송하지만 전 여성을 다치게 할 생각이 없다고
요. 여성은 사랑해야 할 대상이잖아요. 다치게 할 생각도 없
고, 행여 부수기라도 하면 큰일 아닙니까. 그러니 저에게 여
성을 다치도록 하는 것은 불가능하다고 생각해 주십시오."

"뭐라고……?!"

그 말에 아키토가 경악했다. 요시히코의 메인 스킬은 상
대가 여성이 아니면 소용이 없다. 그런데 여성을 다치게 할
마음이 없다고 하다니.

그러니까…….

"……여성을 상대로 유리한 능력을 지닌 카드인데, 여성
을 공격할 수 없다니 자신의 장점을 완전히 죽여버리는 것
아닌가……!"

아연실색한 아키토에게 요시히코가 태평한 목소리로 대
답했다.

"그러니 말하지 않았습니까, 저는 도움이 되지 않는다고.
하지만……."

말하면서 요시히코가 레이폰과의 거리를 더욱 좁혔다. 가
슴을 가리며 뒷걸음질을 치던 레이폰이 움찔하자, 요시히

코가 멋지게 웃으며 말했다.

"전투 중에 사고가 일어나 상대의 의복이 찢어지고 마는 것은 어쩔 수가 없죠. 아아, 정말 어쩔 수 없는 일입니다! 이것도 싸우는 자의 운명, 레이폰, 미안합니다!!"

그렇게 조금도 미안하다고 생각하지 않는 듯한 음흉한 얼굴로 요시히코가 여기검을 휘둘렀다. 그때마다 몸을 손으로 가리고 있는 레이폰의 옷 여기저기가 차례로 찢어져 레이폰의 아름다운 몸이 점점 드러났다.

"꺄아아아아아아!"

《어이쿠, 이거 혹시나 했는데…… 틀림없습니다! 타카츠키 아키도 선수, 일부러 군조 선수의 카드의 옷을 노리고 있습니다아아! 이거 참…… 최악이군요!》

레이폰의 비명과 중계자의 비난이 울려 퍼졌다.

그에 이끌려 여성 관객들이 일제히 야유했다.

"최악이야! 전투 중에 일어난 사고로 가장해서 여성 카드의 옷을 노리다니! 얼굴이 좀 취향이라 응원했는데 경멸스러워, 타카츠키!"

"죽어라, 허접한 카드! 여자애를 희롱하면서 기뻐하지 마! 실눈! 변태! 쓰레기 카드!"

여성 관객의 야유와 남성 관객의 환호가 겹치며 관객석이 크게 들끓었다.

아키토의 시합에 흥미가 없었던 사람들도 일제히 시합을

보기 시작했다. 아이러니하게도 이것은 아키토가 지금까지 나선 시합 중에 가장 호응이 좋은 시합이었다.

"이 자식, 그만둬! 양심도 없나?! 레이폰이 불쌍하잖아!"

"무슨 소리입니까, 힘을 이용해 서로 파괴하는 것이 배틀 카드잖아요? 게다가 제가 마음만 먹으면 이미 승부는 정해졌습니다. 옷으로 끝난 걸 다행으로 생각해야죠!"

군조가 비명처럼 소리를 질렀지만 요시히코는 태연하게 대답했다. 확실히 그 말대로라 요시히코가 제대로 공격했다면 벌써 시합은 끝났을 것이다.

군조는 순간 망설였으나, 옷 여기저기가 찢어진 레이폰을 본 후 얼른 그 앞으로 뛰어나와 방패가 되어주며 외쳤다.

"항복! 항복이다! 내가 진 걸로 해도 좋으니 끝내 줘!"

순간 종이 울리며 승부가 정해졌다.

《아니, 여기서 군조 선수, 참지 못하고 항복합니다! 타카츠키 선수, 상대의 옷을 찢어 항복시키는 비열한 작전으로 승리! 하지만 솔직하게 말하겠습니다…… 최악입니다!》

여성 중계자가 진심을 그대로 드러내며 비난했다. 관객석도 크게 불타올랐다.

그 와중에 지쳐서 주저앉은 레이폰이 군조를 올려다보며 우는소리를 냈다.

"마스터…… 무서웠어……. 미안해, 져버렸어……."

"괜찮아, 레이폰, 개에게 물렸다고 생각하고 잊자……!

저런 녀석과의 시합을 받아들인 내가 잘못했어. 오늘은 맛있는 거 사줄 테니 어서 돌아가자……."

그렇게 말하며 아놀드가 자신의 겉옷을 레이폰에게 걸쳐주었다.

그 모습을 보며 요시히코가 혀를 찼다.

"쳇, 조금만 더 하면 중요한 부분까지 갈 수 있었는데. 뭐, 저도 인정머리 없는 놈은 아니라 진짜 그렇게까지 할 마음은 없었지만요. ……해냈네요, 마스터. 제가 이겼습니다!"

"요시히코 군…… 너란 녀석은……."

빙글 몸을 돌려 환하게 웃으며 보고하는 요시히코를 보며 아키토는 질색한 얼굴로 대답했다.

"의욕이 없거나 자신감이 없는 건 이해가 가지만, 이쪽의 조작을 무시하고 나아가거나, 공격을 멋대로 빗나가게 하여 옷을 노리는 건 좀……? 너 너무 마음대로 하는 거 아냐?"

"그러니까 몇 번이나 말하지 않았습니까. 저는 도움이 되지 않는다고요. 이걸로 질렸다면 절 시합에 내보내는 건 이제 그만두는 게 좋아요. 보다시피 관객에게도 야유나 받고 있고."

요시히코가 흥이 깨졌다는 표정으로 관객석 쪽을 힐끗 보았다. 요시히코에게 보내는 욕설, 호통. 그러나 요시히코에게는 아무런 타격이 없었다. 아무래도 좋은 모양이다. 자신의 인기나 카드로서의 평가 따위는.

그 모습을 바라보며 아키토는 생각했다. 그래, 시합이 싫을 만도 해.

그는 자신이 관객에게 미움받을 것을 알고 있었다.

"뭐, 이것이 마지막일 테니 딱히 상관없지만요. 전 이런 녀석이니 시합에선 쓸 수가 없습니다. 그러니까……."

"아니, 요시히코 군, 그럴 일은 없어. 네가 '그런' 타입이라면 나도 각오하고 쓰도록 할게. 앞으로도 잘 부탁해."

"……엥?"

요시히코가 식상한 표정으로 말하던 도중 아키토가 끼어들었다.

생각지도 못한 말에 요시히코가 얼빠진 얼굴로 바라보자, 아키토는 환한 미소를 지으며 말을 이었다.

"여성 전용 카드라고도 할 수 있는 성능인데 상대를 다치게 할 수 없어. 변태적 성질을 지녀서 상대에게 미움받기 쉬워. 그러나 갖고 있는 무기는 굉장히 재미있고, DP가 낮은데 이상하게 단단해. ……재미있잖아, 정말 개성적인 카드 콘셉트야! 지금은 이래도 함께 싸우다 보면 언젠가 모두 인정해 줄 거야. 그러니까……."

요시히코의 눈을 똑바로 쳐다보며 아키토가 말했다.

"언젠가 나와 너로 최고의 시합을 하여 진정한 의미로 관객을 흥분시켜 보자…… 열심히 하자, 요시히코 군!"

"…………당신, 정말 이상한 마스터네요."

열의를 담아 말하는 아키토에게 요시히코가 진심으로 어이가 없다는 얼굴로 대답했다.

정말 이 마스터는 무슨 생각일까. 나 같은 걸 써봐야 마스터의 평가가 떨어질 뿐인데.

어쨌든 이렇게 두 사람은 콜로세움에서의 첫 시합에서 승리를 거두었다. ……비싼 대가를 치르기는 했지만.

4

"자, 그런 연유로 이번엔 네 차례야! 열심히 하자, 안젤리카!"

"저, 정말 가는 건가요?! 요시히코 씨의 그 시합 뒤인데?!"

요시히코의 시합으로부터 한 시간쯤 지나고, 다시 콜로세움 시합장 입구. 그곳에서 아키토가 활기찬 목소리로 말하자, 안젤리카가 겁에 질린 얼굴로 비명을 질렀다.

"물론이야. 미체트와 요시히코 군 모두 이겨서 완전히 기세를 탄 상태잖아. 그 뒤를 따라야지, 안젤리카."

"하, 하지만 요시히코 씨의 시합이 꽤 그랬으니까……. 이, 이대로 나가면 저희는 분명 큰 야유를 받고 말 거예요……!"

"아, 그렇구나. 홀더 안에서도 밖의 상황은 보이는 거였지. 그럼 다들 요시히코 군의 시합을 봤겠네."

"네, 뭐……. 미체트 씨는 웃겨서 포복절도했지만, 다른 사람들은 질색했어요……."

홀더가 활성화된 상태라면 카드들은 바깥 상황을 파악할 수 있다.

이것은 카드를 교체할 때 콜을 한 카드가 당황하지 않기 위한 조치다.

"지금 나가면 아마 이러쿵저러쿵하는 말을 많이 들을 것 같아요……. 다, 다른 날 오면 안 될까요……?"

"괜찮다니까. 관객이 어떻게 생각하든 우리는 우리 시합을 할 뿐이야. ……자, 슬슬 시간이네. 가자, 안젤리카."

"앗……!"

두려워하는 안젤리카의 손을 잡고 아키토는 시합장으로 걸어갔다. 그리고 그 모습이 대중의 앞에 드러나자 기다렸다는 듯 중계자가 외쳤다.

《나왔다! 타카츠키 선수 입장입니다! 아까 시합에서 그만큼 악평을 들었는데 태연하게 다음 시합에 얼굴을 내밀었습니다! 이 남자의 멘탈은 철로 만들어졌을까요?!》

"이 자식, 그런 쓰레기 같은 시합으로 이겨놓고 우쭐해진 거냐, 이 비열한 놈! 마스터 자격도 없어, 창피한 줄 알아야지!"

"최악이야, 카드를 음흉한 눈으로 보지 마! 하지만 잘생긴 카드의 옷을 살짝 벗겨 주면 용서해 줄 수도 있어!"

"저놈, 이번엔 예쁘장한 여자 카드를 데리고 나왔어! 그 카드에게도 못된 짓을 한 거냐, 이놈! 아니 이번에는 그 카드로 음흉한 짓을 할 예정입니까, 크헤헤! 어떻게 된 인간이야, 크헤헤, 용서 못 해, 크헤헤헤헤헤헤헤헤, 기대하겠습니다!"

악의가 담긴 중계에 이어서 다시 관객들이 소란을 피웠다. 개중에는 본심이 그대로 드러나는 사람도 있었으나, 기본적으로 아키토를 욕하는 내용이었다.

아무래도 완전히 악역으로 인식되고 만 모양이다.

"앗, 아으⋯⋯."

그 분위기에 안젤리카가 겁을 먹었다.

자신에게 하는 말이 아닌데도 공포로 몸이 움츠러들고 말았다.

그런 그녀의 앞에 다음 대전 상대가 나타났다.

거대한 그림자가 우뚝 서서 안젤리카를 들여다본다.

키가 10미터가 넘는 거대한 금속 몸. 안젤리카의 몇 배나 되는 두꺼운 강철 팔, 그리고 인간처럼 두 개의 눈이 달린 진묘한 머리.

그것은 거대한 인간형 로봇이었다.

"힉⋯⋯."

안젤리카가 작게 비명을 질렀다.

그러자 그 로봇의 스피커를 통해 누군가가 말하기 시작했다.

《흐응, 역시 작네! 작아, 작아. 그 정도 카드로 이 [하이퍼 로봇 아이언잰드]와 싸울 생각이냐! 가소롭군! 정말 가소로워!!》

"……그 목소리…… 혹시 마스터가 직접 로봇에 타고 있는 건가?"

주위를 둘러보며 상대 마스터의 모습이 없는 것을 확인한 아키토가 묻자 목소리가 의기양양하게 대답했다.

《로봇이 아니라 하이퍼 로봇이다! 아무튼 너의 말대로 나는 '박살꾼'이라는 이명을 지닌 다닐로! 지금부터 너의 카드를 납작하게 뭉개줄 테니 각오해라!》

**[하이퍼 로봇 아이언잰드]**

AP: 4700 DP: 4300

"……또 박살꾼인가……. 이명이 박살꾼인 사람이 왜 이렇게 많아? 이걸로 세 번 연속 박살꾼이잖아."

뽐내는 듯한 목소리에 아키토가 불평했다.

이러한 로봇 카드라도 보통은 밖에서 조작할 수 있지만, 상대 마스터는 무슨 까닭인지 일부러 타고 있는 모양이다.

……참고로 말하자면 박살꾼이라는 이명을 지닌 마스터는 콜로세움에만 수십 명은 있다. 박살꾼이란 누구에게나 붙이기 편한 이명이기 때문이다.

그런 상대를 올려다보며 안젤리카가 두려워하는 얼굴로 말했다.

"이, 이런 것과 지금부터 혼자 싸우는 건가요……. 부, 불가능해요…… 너무 강할 것 같고, 저 같은 건…… 마, 마스터에게 손해만 끼칠 거예요……."

그 말에 아키토는 다소 놀랐으나, 곧 싱긋 미소를 지으며 안젤리카에게 대답했다.

"괜찮아, 위험해지면 바로 항복할 거야. 하지만 하나만 말해 둘게……."

그 순간 시작 신호가 울려 퍼졌다.

《그럼 시합 시작!》

중계자의 목소리와 함께 아이언잰드가 안젤리카를 노리고 그 거대한 팔을 휘둘렀다.

《얼른 부서져 버려, 나의 아이언잰드의 강함을 과시하기 위해서!》

아키토는 그 일격을 확실히 파악하며 말을 이었다.

"저 카드보다 네가 강하다고 확신해. 그러니…… 자신감을 갖고, 뛰어!"

"큭……!"

순간 아키토의 조작에 따라 안젤리카의 가녀린 몸이 뛰어올랐다. 안젤리카가 원래 있던 자리에 아이언잰드의 주먹이 꽂히며 굉음이 울렸다. 그것을 눈으로 좇으며 착지한 안젤리카가 그대로 자세를 낮춰 땅을 기듯이 달려갔다.

《우엇, 이 녀석 촐싹거리며 빠져나가기는. 에잇, 에잇!》

그 재빠름에 놀란 다닐로가 허둥지둥 아이언잰드를 조종하여 거대한 발로 짓밟으려고 하였지만, 안젤리카는 빠르게 달려 모두 피했다.

그러나 동시에 안젤리카도 섣불리 공격할 수는 없다. 상대는 DP가 높고, 또한 거대하므로 어중간한 공격으로는 생채기도 낼 수 없다. 공격할 부위를 잘 생각해야 한다.

그렇게 생각하며 크게 휘두르는 일격을 손쉽게 피하고는 안젤리카를 그대로 상대의 다리 사이로 들어가게 했다.

《앗, 이상한 곳으로 들어오지 마! 아니, 어디냐!》

안젤리카가 조종석에서는 보이지 않는 완전한 사각으로 뛰어들었기에 아이언잰드가 우왕좌왕했다. 그 모습을 곁눈질하며 상대의 등 뒤로 빠져나간 안젤리카가 아이언잰드의 무릎 뒤를 노리고 손톱을 길게 뻗어 휘둘렀다.

"야압!"

금속이 찌익 찢어지는 소리가 나며 그 부위에 상처가 생겼다.

아무리 장갑이 단단한 상대라도 관절 부위는 다소 약한 법이다. 그러나 아이언잰드의 두꺼운 장갑을 일격에 모두 꿰뚫지는 못하여 내부까지는 닿지 못했다.

그때 자세를 가다듬은 아이언잰드가 몸을 돌리며 발차기

를 날렸다.

"안젤리카, 다시 한번 뛰어!"

"앗, 네!"

아키토의 자시에 다시 안젤리카가 점프했다. 그러나 이번에는 상황이 달랐다.

상대는 피할 것을 상정하고 발차기와 동시에 아이언잰드의 어깨에 탑재된 체인건을 발사한 것이다.

《그렇게 나올 줄 알았어…… 죽어라!》

"큭……!"

공중에서 안젤리카가 몸을 굳혔다.

탄환이 정확하게 안젤리카를 향해 날아들었다. 피할 수 없다……!

"안젤리카! 손톱으로 베어 버려!"

"네!"

그 순간 아키토의 지시와 함께 조작이 이루어져 안젤리카의 양 손톱이 고속으로 휘둘러졌다. 정확하게 모든 탄환을 포착하여 베어 내면서 튕겨냈다.

그대로 무사히 착지한 뒤, 안젤리카는 다시 낮은 자세로 질주하여 상대를 교란했다.

《큭, 이, 이런……!》

초조해진 상대가 주먹을 마구 휘두르고 발을 굴렀지만, 모두 아키토 쪽에 읽혀 한 대도 때리지 못했다. 그러는 동안에도 안젤리카는 상대의 팔이며 다리의 관절 부분을 손톱으로 조금씩 공격하여 장갑을 깎아 나갔다.

《젠장, 당했어. 파일럿 기분을 맛보려고 아이언잰드에 올라탄 탓에 시야가 안 좋아…… 사각이 너무 많아!》

"그렇겠죠. 왜 올라탄 겁니까. 시야를 하나 잃는 것뿐이지 않습니까."

상대 마스터가 당황한 소리를 내자 아키토가 지적했다.

상대 로봇은 아마 머리에 달린 카메라로 밖의 영상을 비추는 타입이다. 따라서 그 카메라로 포착할 수 없는 부분은 시각이 된다. 상대 마스터가 지상에 있었다면 그 부분을 커버할 수 있겠지만, 이미 타고 말았으니 소용이 없다.

다만 파일럿 기분을 맛보고 싶기에 탑승했다는 마음은 아키토도 크게 공감하는 바이기는 했다.

"이야아앗……!"

작은 기합 소리를 내면서도 안젤리카는 계속해서 상대의 장갑을 깎아냈다. 치명타는 아니지만 시합 시간이 끝나 판정 승부가 되었을 때, 그 일격마다 평가를 받는다.

큰 일격을 노리지 않고, 두 사람은 조금씩 포인트를 쌓아갔다. 그런데.

《어이쿠, 이거 장기전이 되었습니다! 아키토 선수, 조금씩 포인트를 쌓고 있습니다만…… 말은 그렇지만, 앞선 승부와 비교하여 실로 감흥 없는 시합이 되고 말았습니다!》

중계자가 노골적으로 말하자, 관객들도 조금 따분한 표정을 짓기 시작했다.

　"뭐야, 첫 번째는 스피드 스타로 요란하게 승리하고, 두 번째는 어처구니없도록 미친 작전으로 이기는가 싶더니, 세 번째는 무난한 카드로 무난하게 포인트 쌓기냐, 재미없게."

　"이번엔 무얼 보여줄까 했더니, 시시한 시합이잖아! 이 봐, 좀 더 날뛰어 봐. 따분하다고!"

　너나 할 것 없이 멋대로 떠들며 지겹다는 듯 아키토의 시합을 안 보는 사람도 생겼다.

　관객들의 그런 분위기를 감지한 안젤리카의 안색이 창백해졌다.

　'어, 어떡하지……. 내가 평범한 탓에 마스터의 평가가 떨어지고 말아…….'

　자신이 평범하다는 사실은 안젤리카 자신도 자각하고 있었다.

　압도적인 속도를 자랑하는 미체트나, 견실한 방어가 장점인 로미오, 그리고 특이한 요시히코.

　그들과 비교하여 자신은 좀처럼 눈에 띄지 않는다는 것은 싫어도 알 수 있다.

　공격 수단이라고 하면 대부분이 손톱이고, 싸우는 법도 통통 뛰어 피하면서 상대의 빈틈을 노리는 것이다.

　평범하다는 평가가 자신에게만 향하는 것이라면 그나마

괜찮다.

그러나 마스터까지 그런 말을 듣게 하는 것에는 강한 거부감이 들었다.

'마스터는 지금 인기가 올라가는 중요한 시기……. 나, 나 때문에 평판이 떨어지면 어떡해…….'

아키토의 카드가 된 지 얼마 되지 않았지만, 그래도 그가 자신들을 소중히 여기는 것은 안다. 특히 자만심일지도 모르지만, 자신을 좀 더 신경 써주는 것이 아닐까 조금 생각한다.

이유는 아마 자신이 그의 친구에게 받은 것이기 때문이다.

그 사실을 안젤리카는 캐롤에게 듣고 알았다.

그런 자신이 그의 발목을 잡는 일은…… 있어서는 안 된다.

'조, 좀 더 화려하게 싸워야 해…… 더욱더……!'

그때 다시 아이언잰드의 강철 팔이 큰 소리를 내며 안젤리카를 향해 다가왔다.

"안젤리카, 회피해!"

아키토가 지시를 내리며 안젤리카를 도약시키려고 했다.

그러나 안젤리카는 그의 지시를 거스르고 그 자리에서 버텼다.

"안젤리카……?!"

아키토가 놀란 소리를 냈지만, 안젤리카는 양쪽 손톱을 눈앞으로 들어 상대의 일격을 받아낼 준비를 했다.

'도망치기만 해서는 안 돼, 맞부딪쳐야지…….'

순간 아이언잰드의 주먹이 안젤리카를 직격하며, 그녀의 가녀린 몸이 튕겨 날아갔다.

"윽…… 꺄아아아악!"

"안젤리카!"

안젤리카가 비명을 지르며 나가떨어지는 바람에 아키토는 놀라 그녀의 이름을 외쳤다. 안젤리카의 몸은 콜로세움의 벽면에 격돌하며 벽에 금을 가게 하고는 풀썩 떨어졌다.

그것을 본 관객들이 일제히 환호성을 질렀다.

"우오오오옷, 강한 게 들어갔어! 좋아, 해치워라!"

"뭐야, 뭐야, 갑자기 당하다니! 강한 카드나 더러운 수법을 쓰지 않으면 그 정도냐, 타카츠키! 꼴좋다!"

제멋대로 외쳐 대는 관객들. 반면에 처음으로 공격에 성공한 다닐로가 만족스럽게 아키토에게 통신을 보냈다.

《이제야 해볼 만해졌는데…… 어떻게 된 거냐, 지쳐서 움직임이 둔해졌나? 그렇다고 해도 봐주진 않을 거다. 이쪽도 제법 당해 버려서 울분이 쌓였거든!》

그렇게 말하며 아이언잰드를 쿵쿵 전진시켜 안젤리카에게 향했다. 안젤리카는 벽에 손을 대고 간신히 일어났으나, 몸 여기저기는 다치고 옷은 찢어져 안쓰러운 모습이었다.

"안젤리카, 괜찮아?! 갑자기 왜……. 피할 수 있었잖아?!"

아키토가 다가가며 말을 걸자, 안젤리카는 괴로워하는 표정으로 대답했다.

"죄, 죄송, 해요…… 하지만 전, 조금이라도 좋은 시합을 하고 싶어서……."

"아니……."

아키토는 말문이 막혔다. 그 말의 의미를 이해했기 때문이다.

그녀가 자신의 욕심 때문에 그런 말을 하는 인물이 아니라는 사실은 잘 알고 있다. 그렇다면 아마 자신을 위한 행동이었을 것이다.

안젤리카에게 걱정을 끼치고 말았다…….

자신의, 마스터로서의 부족함을 느낀 아키토는 스스로를 자책했다.

"……아냐, 반성은 나중에 해. ……잘 들어, 안젤리카. 넌 그런 생각을 하지 않아도 돼. 넌 너답게 싸우면 그걸로 족해."

"앗……."

"관객 같은 건 신경 쓰지 마. 그들은 손님일지도 모르지만, 실제로 싸우는 건 우리야. 어떻게 싸울지는 우리 자유야. 주위를 신경 쓰느라 자신답지 않은 짓은 하지 않아도 돼. 혹시 그것이 제대로 되지 않아서 지거나, 욕을 먹더라도."

거기서 아키토는 일단 말을 끊고 안젤리카의 눈을 지그시 바라보며 말했다.

"그 평가는 내가 받겠어. 전부 마스터인 나의 책임이야. 그러니 너는 책임 같은 건 느끼지 않아도 돼. 넌 너답게 싸워줘. 그것이 나의 가장 큰 바람이야."

"아……."

아키토의 열의가 담긴 말에 안젤리카가 숨을 들이켰다. 무언가 대답하고 싶었지만, 그때 아이언잰드가 공격 범위에 도달하여 다시 공격을 걸어왔다.

《이제 한 방이면 되겠군! 부서져라!》

다닐로가 외치며 거대한 기계 팔을 휘둘렀다.

그에 맞춰 아키토도 소리쳤다.

"가라, 안젤리카!"

그 말에 용기를 얻은 듯 안젤리카가 다시 달려갔다. 좌우가 아니라 똑바로 아이언잰드를 향해서. 그대로 두려움 없이 돌진하여 아슬아슬한 타이밍에 상대의 주먹을 피했다. 아이언잰드의 주먹이 바닥에 꽂히며 울려 퍼지는 굉음을 뒤로하고 안젤리카가 그 발밑으로 빠져나갔다.

《젠장, 아직 이만큼 움직일 수 있다니……! 또 같은 행동을 반복할 셈인가?!》

다닐로가 서둘러 아이언잰드의 몸을 돌렸다.

시합 시간도 얼마 남지 않았다. 이대로 판정이 나면 승패의 행방은 알 수가 없다. 어떻게든 일격을 가하여 확실히 결판을 내야 한다.

그러나 당황하는 상대와 달리 안젤리카는 신기한 감각에 사로잡혀 있었다.

묵직한 일격을 받았을 터인데 왠지 묘하게 몸이 가볍다.

몸이 뜨겁고, 속에서 힘이 솟아나는 것이 느껴진다.

'왜 그럴까…… 아까까지와는 전혀 달라……!'

아키토와 안젤리카는 연습을 통해 친목을 다졌지만, 그래도 어딘가 벽과 같은 것이 있었다. 그것은 소극적인 성격인 안젤리카가 누구에게나 만들던 벽이었다.

그러나 방금 대화로 그런 마음이 깔끔하게 사라진 듯이 느껴졌다.

──아키토의 조작이 자신에게 완벽하게 맞춰져 있다. 강제하는 것도 아니면서, 의지할 수 없는 것도 아닌. 그저 그곳에서 함께 싸워주고 있다는 감각.

아이언잰드의 강력한 공격을 피하며 문득 아키토 쪽으로 눈길을 돌렸다. 그러자 아키토도 이쪽을 쳐다보고 있었고, 그 얼굴에는 살짝 미소가 지어져 있었다.

자신을 신뢰하고 승리를 확신하는 웃음이다.

안젤리카는 곧바로 자신의 얼굴이 붉게 물드는 것을 느꼈다.

《이번에야말로…… 부서져라!》

그때 다시 아이언잰드가 주먹으로 내리치려고 했다.

그러나 뻔히 보이는 그 일격을 안젤리카는 살짝 뒤로 뛰어 손쉽게 피했다.

상대의 팔이 지면에 꽂히는 것을 확인하고 아키토가 외쳤다.

"지금이야…… 가라, 안젤리카!"

"네!"

순간 안젤리카의 몸이 뛰어올라 아이언잰드의 팔 위로 올라탔다. 그대로 팔을 따라 올라가 전방을 향해 회전하여 뛰어 상대의 머리에 도달했다.

그리고 훨씬 높은 위치에 있어서 노리지 못했던 그곳…… 머리에 있는 그 한 점을 노리고 온 힘을 다하여 안젤리카가 손톱을 휘둘렀다.

"야아압!"

그 일격이 아이언잰드의 단단한 몸, 그중에서 얼마 없는 약한 부분…… 즉, 메인 카메라를 박살냈다.

《우오오오옷, 이럴 수가?! 메인 카메라가 당했다고!》

상대 마스터가 동요했다. 단숨에 시야를 빼앗겨, 그는 이제 복부에 달린 복부에 달린 서브 카메라로밖에 외부를 확인하지 못하게 되었다. 그렇게 동요하는 상대를 힐끗 보며 안젤리카는 상대의 등 뒤에 착지하였고, 다시 한번 혼신의 힘을 담아 상대의 무릎 뒤를 베어냈다.

몇 번이나 공격을 거듭한 부분이다. 드디어 장갑이 완전히 찢어지며 내부 장치가 파괴되었다. 버팀목을 잃어 서 있을 수 없게 된 아이언잰드가 풀썩 무릎을 꿇었다.

이어서 안젤리카는 무방비한 상태가 된 아이언잰드에게

다시 달려들어 목 부분, 인간이라면 척추가 있는 부위를 노리고 그 날카로운 손톱을 박았다.

"야아아앗!"

손톱이 장갑을 꿰뚫고 내부에 도달하며 파괴를 반복한다. 아이언잰드의 조종석에서는 이상을 알리는 경고가 끊임없이 울렸고, 결국 다닐로가 비명처럼 소리를 질렀다.

《제기랄…… 항복, 항복이다! 안 되겠어, 나의 패배다! 이제 그만해!》

《아닛, 여기서 항복이 나왔습니다! 승부가 났습니다! 승자, 타카츠키 선수! 이것으로 오늘 세 장의 카드를 써서 세 번의 승리를 거뒀습니다! 제법인데!》

"앗……."

중계자가 승패를 전하자, 필사적으로 공격을 해나가던 안젤리카가 퍼뜩 정신을 차렸다.

그러자 관객들이 자신을 향해 박수와 축하하는 말을 보내고 있는 것이 들렸다.

"오오! 중간까지 진짜 시시한 시합이었는데 마지막엔 재미있었잖아! 꽤 하는데 붉은 눈 어쩌고!"

"강한 카드나 더러운 전술에 기대지 않아도 이길 수 있잖아! 대미지를 축적시켜 막아 내다니 좋은 싸움법이었어! 처음부터 그렇게 했어야지, 축하한다!"

아이언잰드로부터 뛰어내려 헉헉 거칠게 숨을 몰아쉬면

서 안젤리카는 그 모습을 믿기지 않는 듯 바라보았다.

그러는 동안 어느새 옆에 서 있던 아키토가 말했다.

"수고했어, 안젤리카. 좋은 시합이었어…… 응, 굉장히 좋은 시합이었어. 고마워. 나도 함께 싸우면서 정말 즐거웠어."

그러며 진심으로 기뻐하며 웃었다. 온화하면서도 만족스러운 얼굴이다. 그 모습을 보며 안젤리카는 스스로도 조금 믿을 수 없는 감정을 자각했다.

……즐거웠다. 그렇다. 정말 즐거웠다.

소극적인 성격에 싸우는 것을 싫어할 터인 자신이, 마지막에는 무아지경으로 그저 이기고 싶어서 싸웠다. 둘이서 상대에게 이기고 싶다는 마음으로만 가득했다. 그 결과 거머쥔 승리. 그것이 마음속에 서서히 퍼지면서 깊은 충족감을 주었다.

그러나 동시에 안젤리카는 그것만이 아닌 다른 감정을 느꼈다.

눈앞에 있는 자신의 마스터, 아키토를 향한 마음이다. 어딘가 딱딱하고 서툰 웃음. 그러나 그 모습을 보고 있으니 자신의 내면에서 무어라 말할 수 없는 감정이 솟구쳤다.

가슴이 크게 뛰면서 볼이 붉게 물들었다.

이것은 옳지 않은 일이다. 그런 생각이 들었다.

그렇다. 이런 것은…… 카드가 주인에게 특별한 감정을 품는 것은.

──그런 것은 분명 용납되지 않는다.


……이렇게 아키토는 세 장의 새로운 동료와 함께 승리하였고, 그날부터 그 괴이한 싸움 방식 때문에 한 이명으로 불리게 되었다.

즉…… '변태 카드술사'라고.

## 1

"자, 그럼 오늘을 기념하며…… 건배!"

"""""""건배!"""""""

콜로세움의 주위에 줄줄이 설치된 음식점. 그중 한 가게의 단체실에서 캐롤의 명랑한 목소리가 울렸고, 뒤따라 여섯 명의 목소리가 이어졌다. 아키토와 로미오를 비롯한 카드들이다.

의자에 앉은 그들의 손에는 각각 마실 것이 든 잔이 쥐어져 있고, 테이블 위에는 고기며 생선 등으로 만든 호화로운 요리가 놓여 있다.

그날 아키토는 카드들을 데리고 식사를 하러 갔다.

"그나저나 정말 괜찮게 이겼네요, 마스터! 몇십 번을 싸워서 승률 80퍼센트가 넘으면 대단한 거라고요! 판돈이 큰 시합에서는 항상 이기고 있고요! 돈이 벌리니 술이 맛있네요! 이얏호!"

한 손으로 지폐 다발을 소중하게 쥐고, 다른 한 손으로 도수가 낮은 술이 든 잔을 흔들며 캐롤이 말했다. 표정이 매우 밝다.

한 달 만에 아키토가 200만이 넘게 벌어들였으니 수전노인 캐롤의 기분이 좋은 것도 당연하다.

"그래, 모두가 열심히 했으니까. 특히 미체트덕분에 크게 승리를 거두었어. 고마워."

"이봐, 인사를 할 일은 아니잖아. 난 너의 카드야. 이기는 건 어디까지나 너의 실력……이라고 말하고 싶지만, 역시 내 덕분이기도 해! 하하하, 더욱 칭찬해 줘!"

아키토가 미체트의 잔에 술을 따르며 말하자, 미체트는 장난스러운 어조로 대답했다. 그대로 잔을 들어 쭉 비우더니 만족스러운 얼굴로 말을 이었다.

"으음, 비싼 술은 아니지만 나쁘진 않군. 카드의 몸으로 술을 마시다니 얼마 없는 기회야. 실컷 즐겨야겠어."

"……너, 몸이 기계인데 맛을 아는 건가? 무슨 구조인지 모르겠군."

"그것은 나도 궁금해. 뭐, 그런 기능이 몸에 달려 있겠지. 지금 이 순간은 그렇게 만들어 준 여신에게 감사하겠어…… 참, 그건 내가 잘 먹을게."

"앗, 야?! 그건 내 건데!"

미체트의 옆에 앉은 로미오가 신기한 듯 묻자, 미체트가 대답하면서 로미오의 앞에 있던 초밥을 재빠른 동작으로 낚아챘다. 항의하는 로미오를 힐끗 보며 초밥을 입에 넣고는 씩 미소를 지었다.

"미안하지만 이런 건 먼저 먹는 사람이 임자야. 좋아하는 걸 마지막까지 남겨두면 빼앗긴다고. 잘 기억해 둬."

"……그런가. 그럼 이건 내가 먹으마."

"앗, 너, 내 닭튀김에 무슨 짓을…… 그만둬, 레몬을 뿌리지 마! 나는 뿌리지 않는다고!"

그렇게 다 큰 어른 둘이 애들 같은 대화를 주고받으며 소란을 피웠다. 또한 그 옆에 앉은 요시히코가 유치하게 싸우는 두 사람을 질색한 얼굴로 바라보며 말했다.

"두 분 모두 정말 시끄럽네요……. 우리 팀의 투 톱이 참 한심해요. 뭐, 그래도 모처럼 얻은 기회니 저도 고기는 잘 먹겠습……."

그러면서 테이블 중앙에 떡하니 놓여 있는 두껍게 썬 거대한 로스트비프 접시로 젓가락을 가져갔다. 그러나 젓가락으로 고기를 집기 전에 캐롤의 손이 접시를 끌어가는 바람에 요시히코의 젓가락은 허무하게 테이블을 찔렀다.

"……캐롤…… 왜?"

"왜? 왜냐고요? 자신의 가슴에 손을 대고 잘 생각하시죠, 요시히코. 너에게 고기를 먹을 권리가 과연 있을지!"

"윽!"

원망스러운 눈길로 요시히코가 묻자, 캐롤이 싸늘한 표정으로 대답했다. 기가 죽은 요시히코에게 캐롤이 추가로 공격했다.

"나가는 시합마다 지기만 하고, 그것도 어디서 본 적도 없는 허접한 패배! 기껏 미체트와 안젤리카가 번 돈을 보란 듯이 날려 버리기나 하고! 잘 들어, 원래 너 같은 건 집이나 보면서 개밥이나 먹는 게 어울려! 그런 주제에 제일 먼저 고기를 먹으려고 하다니 뻔뻔한 것도 정도가 있지. 네 주제를 알아, 이 쓸모없는 놈!"

"너, 너무해요! 제가 잘못한 게 아니잖아요! 저는 마스터에게 몇 번이나 도움이 되지 않으니 다른 카드로 시합에 나가 달라고 했다고요! 그런데 마스터가 억지로 끌고 가는 바람에 그렇게 된 것 아닙니까! 전 잘못이 없어요!"

"너 같은 것도 쓸모를 찾으려는 게 우리 마스터니까 어쩔 수 없잖아! 그러니 너도 좀 더 노력해서 조금은 이기는 모습을 보여줘야지! 넌 계속 의욕도 없이 엉성한 시합만 벌였잖아! 이 쓸모없는 밥벌레! 쓰레기 스킬! 거래 가격 5000GP인 싸구려 카드!"

"아니 그걸 대놓고 말한다고요?! 가격 이야기는 너무하지 않습니까! 그걸 말하면 끝이라고요! 제가 가격이 싸긴 하지만, 가격으로 카드의 가치를 정할 건 없잖아요! ……마스터, 대체 왜 저를 시합에서 쓰는 겁니까?! 게다가 요즘엔 남자 카드나 기계 카드가 상대일 때만! 적어도 여자와 싸우게 해달라고요!"

"아니, 그건 안 돼. 여성 카드가 너와 시합하면 모욕당한다는 소문이 난 모양이야. 널 깨부수면 답례를 하겠다는 사람까지 있어서 요즘에는 그걸 노리는 대전 상대도 있거든. 저번에도 상대의 살기가 굉장했잖아. 그게 그래서 그래. ……그래도 요즘은 이길 것 같은 시합도 많아졌어. 열심히 하고 있구나, 요시히코 군."

"……지옥 아닙니까. 싫어요오오오오오오오!"

아키토가 웃으며 대답하자 요시히코가 의자가 넘어가도록 벌떡 일어나 절규했다.

"자업자득이야, 바보. 네 탓에 마스터의 평판도 떨어졌으니까. 앞으로 만회하지 않으면 용서 못 해."

그 모습을 보며 혀를 쏙 내민 캐롤이 아키토의 접시에 로스트비프를 가득 담아주며 말을 이었다.

"자, 마스터는 많이 드세요, 많이. 힘을 길러서 더욱더 돈을 벌지 않으면 안 되니까요. 우후후후후, 정말 이기는 마스터는 좋다니까요. 돈이 늘어나고, 그 돈을 써서 또 돈을 불리고…… 얼마나 좋은 사이클인지! 즐겁죠, 마스터!"

그러면서 차례로 아키토의 앞에 요리를 늘어 놓았다. 대식가가 아닌 아키토는 조금 곤란한 표정을 지었으나, 캐롤이 기뻐 보였기에 자신도 기쁨을 느꼈다.

쓸 수 있는 돈이 늘어 캐롤이 그 돈을 이용하여 더욱 돈을 불리고 있다. 그것이 돈을 좋아하는 캐롤에게는 더할 나위 없는 기쁨인 모양이다.

구체적으로 어떤 방법으로 불리고 있는지는 가르쳐 주지

않으므로 일말의 불안감은 있지만, 금전 관리를 맡은 파트너가 즐거워 보이니 함께 기뻐하기로 했다.

반면 아키토의 입에서 알고 싶지 않은 진실을 알고만 요시히코는 쓰러진 채 훌쩍훌쩍 눈물을 흘렸고, 그 모습을 어색하게 웃으며 바라보던 안젤리카가 부드럽게 말을 걸었다.

"그, 그래도 정말 열심히 하고 있네요, 요시히코…… 괴, 굉장히 견고하고 근성이 있다면서, 칭찬하는 관객도 있었고요…… 그, 그러니까, 여, 열심히 해요…… 네?"

"아, 안젤리카……. 고마워, 나에게 친절한 사람은 너뿐이야……!"

쓰러진 채 안젤리카를 올려다보며 요시히코가 감동한 얼굴로 말했다.

캐롤이 그런 요시히코를 냉정한 얼굴로 바라보며 말했다.

"요시히코, 넌 나에겐 바로 성희롱을 하면서 안젤리카에게는 안 그러네. 이유가 뭐야?"

요시히코는 틈만 나면 캐롤의 치마 속을 엿보려고 하거나, 노출된 배꼽을 응시하는 등 하고 싶은 대로 하지만, 이상하게도 안젤리카에게는 그런 짓을 하지 않았다.

그것을 의아하게 여긴 캐롤이 물어보자 요시히코가 일어나 의자에 다시 앉아 쓴웃음을 지으며 말했다.

"그야 안젤리카는 얌전하니까 그런 짓을 하면 왠지 진짜 미움받을 것 같지 않습니까. 더럽혀지지 않은 청순한 느낌

이고. 하지만 캐롤이라면 화를 내면서도 용서해 줄 것 같으
니 괜찮지 않을까 해서."

"그거, 난 더럽혀졌다는 뜻?"

그러면서 캐롤이 요시히코의 두 눈을 손가락으로 찔렀다.

"으아아아아아아아악! 눈이, 눈이이이이이이!"

요시히코가 절규하며 눈을 부여잡고 다시 쓰러졌다.

요시히코의 눈을 찌른 자신의 손가락을 물수건으로 꼼꼼
하게 닦으며 캐롤이 짜증스럽게 내뱉었다.

"아아, 정말, 내 손가락이 더러워졌잖아⋯⋯! 어떡할 거
야, 요시히코! 네가 책임지고 배를 갈라, 배를!"

"부, 불합리해. 네가 멋대로 찔렀잖아?! 마스터, 뭐라고
해주세요!"

"둘 다 정말 사이가 좋구나. 난 기뻐."

""어디가?!""

아키토가 시치미를 떼며 대답하자, 둘이 나란히 화를 냈다.

그리고 다시 말싸움을 시작한 둘을 아키토는 흐뭇하게 바
라보다가, 옆에 앉은 팜이 테이블 위에 있는 그릇에 젓가락
이 닿지 않아 고생하고 있는 것을 눈치챘다.

"팜, 이거 먹고 싶어? 집어 줄게."

"앗⋯⋯."

아키토가 분배용 젓가락으로 팜이 집으려던 생선 요리를
앞접시로 옮겨 주었다.

그러자 팜은 그것을 가만히 바라보다가 이윽고 아키토를 보며 그 귀여운 입을 벌렸다.

"마스터…… 아—앙."

"헉."

아키토가 놀란 소리를 냈지만, 팜은 개의치 않고 입을 벌린 채 눈을 감고 기다렸다.

어쩔 수 없이 지금 옮긴 생선을 한입 크기로 잘라 살며시 팜의 입에 넣어 주자, 팜은 행복한 얼굴로 씹은 뒤 환하게 웃으며 아키토의 품으로 뛰어들었다.

"마스터, 고마워요! 좋아해요!"

"엇, 아니……."

그대로 팜이 품에 안겨 고양이처럼 목을 울려 가릉거렸다. 아키토는 당황하면서도 살짝 안아주었다.

처음 입수했을 때에는 그만큼 경계심이 강했던 팜이, 아키토가 자신이 싫어하는 일은 하지 않고 무척 친절하다는 것을 이해하자 이렇게 잘 따르게 되었다.

'……이렇게 잘 따르면, 너무 힘든 싸움은 시키기 힘들어지는데…….'

아키토는 아직 팜과 시합에 나간 적이 없었다.

딱히 불쌍하다든가 그런 이유가 아니라 단순히 그녀의 능력이 지상에서의 일대일 싸움에 맞지 않기 때문이다.

그러나 실전을 위해 연습은 하고 있고, 팜도 맞춰서 열심히 하고 있다.

팜이 잘 따르는 이유는 아키토가 자신을 배틀 카드로서 제대로 쓰려고 하는 점이 통했기 때문일 것이다.

주인과 애완동물처럼 붙어 있는 두 사람.

그런 둘을 가만히 지켜보는 사람이 있었다. 안젤리카이다.

'……부러워…….'

아키토와 찰싹 붙어 있는 팜을 보며 남몰래 그런 생각을 했다.

팜은 최근 틈만 나면 이렇게 아키토에게 달라붙어 있다.

아키토가 사무실에서 콜로세움의 시합을 관전하고 있으면 그의 무릎 위에 앉고(홀더에는 콜로세움의 시합을 보여주는 기능도 달려 있다), 낮잠을 자면 그 옆에 눕는다.

마치 잘 따르는 고양이와 같은 움직임이지만, 혹시, 혹시나 자신이 같은 행동을 마스터에게 한다면 어떻게 될지 생각하지 않을 수 없다.

'……안 돼, 안 돼, 무슨 생각을 하는 거야, 나…….'

그런 일이 용납될 리가 없다. 팜은 그래도 되는 인물이므로 용납될 뿐이다.

혹시 자신이 같은 행동을 한다면 분명 아키토는 크게 놀랄 것이다.

그 뒤에 분명 곤란한 표정을 지을 것이다.

……하지만 혹시. 행여…… 그가 기뻐해 줄지도.

'······안 돼, 안 돼, 무슨 말도 안 되는······. 이상한 생각 하지 마, 안젤리카. 착각하면 안 돼! 마스터가 조금 다정 하게 대해준다고 해서, 마스터는 누구에게나 다정할 뿐이 니까······.'

고개를 흔들어 망상을 떨쳐냈다.

아키토는 다정하다. 정말 소중하게, 자신을 감싸는 듯한 조작을 해준다.

그러나 자신에게만 그러는 것이 아니다.

아키토에게 모든 카드는 존중해야 할 대상이다. 자신만이 아니다.

에초에 카드가 마스터에게 특별한 감정을 품다니······ 있 어서는 안 될 일이다.

"······어라, 안젤리카는 아직 먹지 않았네. 역시 평범한 음 식은 안 되겠어?"

그때 안젤리카가 요리에 손을 대지 않은 것을 발견한 캐롤 이 물었다. 그 말에 퍼뜩 정신이 든 안젤리카는 어떻게든 자 신의 망상을 들키지 않도록 어색한 미소를 지으며 대답했다.

"앗, 여, 역시 아무래도 몸이 받아들이지를 못해서······. 흐, 흡혈귀라서 그런가 봐요. 하지만 마실 것은 괜찮아요."

"그래, 아쉽네. 안젤리카도 진짜 노력했는데 식사를 즐길 수 없다니. 그 밖에 무언가 필요한 거 있으면 말해줘. 가능 하면 준비할 테니까!"

"으, 응, 고마워요, 캐롤 씨."

캐롤이 웃으면서 말하자 안젤리카도 수줍게 웃으며 대답했다.

그녀의 배려가 기쁘면서도 '무언가 필요한 것'이라는 말 때문에 안젤리카의 시선이 어느 한 곳을 향했다.

즉…… 아키토의 목덜미다.

'……마스터…….'

안젤리카는 흡혈귀지만, 흡혈 충동은 별로 없다.

오히려 상대의 피를 자신의 안에 집어넣는 것에 대한 거부감마저 있었다.

모르는 상대의 피를 빼앗아 자신의 것으로 하는 행위. 그것은 약간 무섭기까지 했다.

그러나. 그러나 왜 그럴까. 함께 시합에 나가게 되고 나서, 안젤리카는 아키토의 목덜미가 신경 쓰여서 참을 수가 없었다.

광산 노동으로 단련된 육체, 곧게 뻗은 목덜미. 그 부분을 손으로 어루만지고, 살며시 송곳니를 세워 부드러운 피부를 꿰뚫고 그 붉은 피를 빨아들인다.

혹시 그렇게 한다면 어떻게 될까.

그의 피를, 자신은 맛있다고 생각할까. 아니면.

'어머나…… 내가 대체 무슨…….'

자신도 모르게 침을 꿀꺽 삼킨 안젤리카는 볼을 붉히고

자신을 부끄러워했다. 너무 한심해! 마스터를 그런 눈으로 보다니. 창피한 줄도 모르는 흡혈귀!

그렇게 안젤리카가 혼자 괴로워하는 동안에도 파티는 진행되어, 분위기가 무르익은 것을 느낀 아키토가 입을 열었다.

"다들 잠시 주목해 줄 수 있을까. 너희 덕분에 돈을 꽤 많이 모았어. 연계도 크게 익숙해졌다고 생각해. 그래서 하는 말인데…… 슬슬 팀전에 도전할 생각이야."

그 말에 각자 파티를 즐기던 카드들이 일제히 자세를 똑바로 하고 자신들의 마스터를 바라보았다.

"……흐음, 벌써. 생각보다 빠른데…… 빠른 것은 좋은 일이지만, 혹시 시기상조는 아닐까?"

"확실히 저도 빠른 느낌이 드네요……. 마스터, 괜한 참견일지도 모르지만, 좀 더 단독 카드전으로 연습한 뒤에 해도 괜찮지 않을까요?"

미체트가 잔을 내려놓고 말하자, 캐롤이 그의 말에 동조했다. 이겼다고는 해도 아직 미체트 등을 손에 넣은 지 한달 반밖에 되지 않았다. 조작 등을 완전히 익히지 못한 부분도 많다.

"아니, 언제까지고 여기 머물러 있을 수는 없으니까. CVC 진출을 노린다면 그런 규칙에 빨리 익숙해져야 해."

그러나 카드들의 의견에 아키토는 똑바로 그들을 응시하며 대답했다.

아무래도 마음을 굳힌 모양이다.

아마 이 회식도 그 사실을 전하기 위해 준비했을 것이다.

"……나는 마스터가 그러고 싶다면 불만은 없어. 목표가 있다면 나는 그것을 이룰 수 있을 때까지 그저 지킬 뿐이다."

일동이 침묵하는 가운데 갑자기 평소처럼 무뚝뚝한 얼굴로 로미오가 말했다.

그러자 다른 카드들이 일제히 그의 얼굴을 바라보며 조금 생각에 잠기더니, 살짝 웃으면서 입을 모아 말했다.

"뭐, 확실히 해보지 않으면 아무것도 시작되지 않으니까. 일단 해보고 힘들 것 같으면 다시 생각하면 돼. 액셀을 밟는 것을 주저해도 소용없으니."

"저, 저도 열심히 하겠습니다……."

"드디어 저에게도 차례가 왔네요……! 부, 불안하기도 하지만, 마스터를 위해 노력하겠습니다!"

"저는 도움이 되지 않지만, 응원은 하겠습니다. 뭐, 제가 나갈 일은 없을 테니까요."

모두 긍정적으로 말했다. 그 말을 듣고 아키토도 기쁜 표정을 지었다.

"다들 고마워……! 같이 힘내자!"

새로운 목표를 위해 들뜬 일동. 그 속에서 캐롤만 조금 떨떠름한 표정을 짓고 있었다.

캐롤은 다른 카드들보다 아키토와 지낸 시간이 길다. 따라서 어느 정도 그 심정을 읽어냈다.

즉.

'……왠지 마스터, 초조해 보이지 않아?'

기껏 새로운 카드를 많이 입수했다. 카드를 좋아하니 즐겁게 하면 되지 않을까.

자금을 버는 것도 순조롭고, 홀더 비용 등 지불하는 돈도 밀리지 않았다.

무엇보다 모든 카드를 써보는 것이야말로 아키토의 꿈이었을 터. 그런데 아직 카드들을 완벽하게 쓰고 있다고는 도저히 말할 수 없는 상태이다.

물론 여러 카드를 다루는 시합을 통해서도 완벽하게 쓰게 되는 것은 가능하겠지만, 그래도 어딘가 위화감 같은 것이 느껴졌다.

아키토의 성격으로 보아 더욱 몰두하여 새로운 카드들과 시간을 보내도 괜찮을 것 같은데.

그때 아키토의 시선이 캐롤 쪽을 향하여 서로 눈이 마주쳤다. 무언가 할 말이 있는 듯한 눈빛이다.

이상하게 생각한 캐롤이, 왜요? 라고 묻자, 아키토는 슬쩍 시선을 돌리며.

"아무것도 아니야."

그렇게만 대답했다.

## 2

《자, 드디어 모두가 기다리던 다음 시합이 펼쳐집니다! 스탠더드 규칙으로 오늘 세 번째 시합! 여러분이 기대하시는 신입 참전자, 통칭 '변태 카드술사' 타카츠키 아키토 선수의 입장입니다!!》

시합의 사회를 맡은 여우 귀가 달린 소녀가 웅장한 어조로 외치자, 입장용 문을 통해 아키토가 평소와 같은 느긋한 태도로 등장했다. 그 모습을 본 관객들이 일제히 흥분했다.

각자 '나왔구나, 변태!'라느니, '우쭐해져서 스탠더드에 오다니, 따끔한 맛을 보게 될걸!' 하는 식으로 야유를 보냈지만, 그 표정은 어딘가 기쁜 듯했다. 아마 이러니저러니 해도 아키토의 시합을 기대하고 있는 모양이다.

관객들에게는 아키토가 재미있는 시합을 하는 사람으로 침투된 것이다.

그러나 관객들의 그런 목소리에 특별히 귀를 기울이는 기색도 없이 아키토는 편안한 얼굴로 자신의 등 뒤를 향해 말을 걸었다.

"자, 스탠더드 규칙으로는 첫 시합이야. 승부도 중요하지만, 그 이상으로 이 규칙의 시합 감각에 익숙해지자. 다들 잘 부탁해."

그곳에는 이 시합에 아키토와 함께 출전하는 세 카드, 안젤리카와 요시히코, 그리고 팜이 따라오고 있었다.

"네, 넵, 여, 열심히 하겠습니다……!"

"후우……. 그런데 왜 이 멤버로 온 건가요……. 처음으로 도전하는 규칙이니 그냥 미체트 형님과 로미오를 쓰면 될 텐데……?"

안젤리카가 긴장한 얼굴로 간신히 대답한 것과 달리, 요시히코는 어처구니가 없다는 얼굴로 볼을 긁으며 말했다.

"그야 물론, 이 편성으로 내가 시합을 하고 싶으니까. 이번 시합, 분명 재미있을 거야."

"아, 그렇습니까……. 뭐, 나온 이상 가능한 한 열심히 하지요……."

아키토가 생글생글 웃으며 말하자, 요시히코가 실린 얼굴로 대답했다. 요시히코는 이제 아키토에게 이러쿵저러쿵 말하는 것을 포기했다. 헛수고임을 깨달았기 때문이다.

반면 아키토와 함께 어느 정도 시합을 겪어온 두 카드와 달리 이것이 첫 시합인 팜은 긴장한 얼굴로 덜덜 떨면서 뒤따르고 있다.

"……괜찮아? 팜. 손과 발이 동시에 나가고 있는데……."

"괘, 괘, 괘, 괜찮, 스, 습니다…… 아, 아무, 아무렇지…… 않아요."

걱정된 아키토가 말을 걸자, 팜이 상기된 목소리로 더듬거리며 대답했다. 솔직히 말해 전혀 괜찮아 보이지 않는다.

"파, 팜, 손잡아 줄까?"

안젤리카가 팜을 배려하여 말하자, 팜은 그 얼굴을 가만히 쳐다보더니 고개를 가로저으며 말했다.

"안 돼요, 언니. 특별 취급은 하지 마세요……. 지금 이곳에 있는 것은 배틀 카드인 팜이에요. 보호를 받아야 할 약한 아이가 아니에요……!"

그리고 자신의 치맛자락을 꽉 붙들고 떨리는 손을 어떻게든 진정시켰다. 팜의 그 기특한 모습을 본 안젤리카는 그녀를 평소처럼 대하려고 한 자신을 부끄럽게 여겼다.

'……맞아, 지금은 시합을 하러 왔고, 우리는 배틀 카드야. 실례잖아, 손을 잡아 주려고 하다니.'

지금 그녀는 팀의 마스코트인 팜이 아니다. 자신과 마찬가지로, 자신의 존재를 걸고 싸우는 배틀 카드이다.

그렇다면 그 마음을 존중하고 동료로서 의지해야 한다.

"이거야 원, 둘 다 진지하네요. 이기든 지든 우리 돈을 잃는 것도 아니니 적당히 하면 되지 않을까요, 적당히."

"요시히코는 가만히 있어요. 너에게는 기대하지 않으니."

"나에게만 태도가 심한 거 아니야?!"

긴장한 두 사람에게 요시히코가 장난스럽게 말하자, 팜이 싸늘한 얼굴로 독설을 내뱉었다. 팜은 요시히코를 싫어한다.

"큭, 이 꼬맹이 처음에는 연약한 겁쟁이를 연기했던 주제에, 응석을 부려 마스터와 안젤리카를 함락시키더니 이런 독설을……. 더러운 본성을 숨기고 있었군요, 이거! 아, 싫다, 싫어, 이러니 꼬맹이는!"

"숨기려고 해도 더러움이 숨겨지지 않는 오물에게는 그런 말을 듣고 싶지 않네요. 그리고 냄새나요. 다가오지 말아요. 그냥 죽어."

"그렇게까지 말할 건 없지 않아?!"

"지, 진정해……."

두 사람이 격하게 말다툼을 벌이자 안젤리카가 당황한 얼굴로 말렸다. 카드 사이에도 관계성이 만들어지며 둘은 요즘 계속 이런 식이다.

"마스터도 웃으면서 보지 말고 뭐라고 말 좀 해 주세요, 빨리요!"

"나는 다들 친해서 기뻐."

"어디가 친한 거예요?!"

그런 대화를 나누면서도 시합 시작 지점에 도착한 아키토가 동료들을 둘러보며 말했다.

"좋아, 마지막으로 다시 한번 말할게. 이 스탠더드 규칙은 서로 배틀 카드 세 장으로 싸우는 규칙이야. 승패를 결정하는 규칙은 네 개. 먼저 다른 규칙과 마찬가지로 '어느 한쪽이 항복하는 것'과 '한쪽이 카드를 모두 잃는 것'에 따른 결판, 또한 '제한 시간이 끝난 것'에 의한 판정. 다만 다른 점은……."

아키토가 자신의 머리 오른쪽 부근을 가리켰다. 그곳에는 LP: 6000이라는 표시가 비추고 있다.

"마스터 자신이 지닌 LP가 0이 되어도 패배야. 내가 맞으면 이것은 그 상대의 AP만큼 줄고 말아. 너희는 상대의 카드와 LP를 노리면서 동시에 나의 LP를 지켜줘야 해. 알겠지?"

아키토에게 주어진 LP는 이 시합의 승패를 정할 뿐이므로, 이것을 잃는다고 해서 아키토의 홀더가 어떻게 되는 일은 없다.

그러나 모두 잃으면 시합은 패배이므로 판돈을 잃게 된다. 쉽게 질 수는 없다.

"그러니 지금까지와 같은 방식으론 안 돼. 이 규칙은……."

"……지켜야 할 사람이 있는 만큼, 공격에 전념하지 못하므로 난이도가 높다는 거죠? 그 부분은 귀에 딱지가 앉도록 들었고, 연습도 했습니다. 괜찮다고요."

이어서 요시히코가 말하자, 아키토는 크게 고개를 끄덕였다. 그러면서 세 카드의 얼굴을 차례로 바라보자, 그 셋도 다소 긴장했지만 고개를 끄덕였다.

모두 준비가 된 것을 확신하고, 아키토가 대전 상대 쪽을 바라보며 기합이 들어간 목소리로 전했다.

"좋아, 상대는 강하지만 우리라면 이길 수 있을 거야…… 가자, 얘들아!"

그 시선 끝에는 이번 싸움의 상대인, 키가 큰 카우보이 모자를 쓴 멋쟁이 안토니오가 서 있었다.

"오, 보이! 기합이 들어간 와중에 미안하지만, 스탠더드는 갑자기 참가해 놓고 이길 만큼 쉬운 게 아니야! 실컷 공부시켜주마, 수업료는 비싸게 받겠지만!"

통역되고 있을 터인데도, 안토니오가 어색한 어조로 말을 걸었다. 그리고 그의 앞에는 세 장의 카드가 있다.

서부극과 같은 차림을 한 총잡이 같은 카드와 부유하는 두 개의 실드로 보호를 받는 로봇 카드, 그리고 가슴팍이 크게 벌어진 옷 사이로 호쾌하게 가슴털이 드러난, 양손에 톤파를 든 부담스러운 얼굴의 카드.

그런 안토니오에게 미소로 씩 답하며 아키토가 말했다.

"많이 배우도록 하겠습니다. 하지만…… 승리를 양보할 마음은 없습니다."

순간 시합 시작 종이 울려 퍼지며 중계자가 외쳤다.

《그럼 드디어, 드디어 시합이 시작됩니다! 두 분 모두 어서, 열심히 서로 죽여 주시죠!》

"가자, 얘들아!"

아키토가 외치자 그에 호응하여 안젤리카와 요시히코가 힘차게 뛰어나갔다.

팜은 그 자리에 남아 아키토의 앞에 방패가 되려는 듯 자세를 잡았다.

《아키토 선수, 일단 흡혈귀와 변태를 앞으로 보내고, 해군 소녀를 가까이 두었습니다! 대체로 예상한 움직임이라고 말할 수 있겠지요! 어태커 둘에 디펜더 하나인 오펜시브 스타일이군요!》

중계자가 해설하였다. 어태커란 그 이름대로 공격을 담당하는 역할을 말한다. 앞으로 나서서 상대 마스터에게 공격 혹은 상대 카드의 파괴를 노리는 역할이다.

그에 비해 디펜더란 마스터의 옆에 대기하며 마스터에 대한 공격을 막는 역할을 말한다. 적의 공격을 막고, 쳐내고, 때로는 방패가 되어서라도 주인의 LP를 지키는 역할이다. 본래는 로미오가 적임이라 할 수 있는 포지션이지만, 어떻게 해서든 팜과 시합에 나가고 싶던 아키토는 이번에 그 역할을 팜에게 맡겼다.

"잘 들어, 팜. 나도 스탠더드는 처음이고, 너도 나의 곁에서 처음으로 겪는 시합이야…… 서로 처음이니 열심히 하자."

"네! 원호 사격, 갑니다! 마스터!"

아키토가 눈앞의 팜에게 말을 걸자, 아직 긴장한 얼굴인 팜이 팔을 흔들어 허공에서 무언가를 만들어 냈다. 그것은 커다란 포문이 달린 포대로, 묵직한 소리와 함께 지면에 설치되자마자 커다란 소리를 내며 포탄을 쏘았다.

《어이쿠, 여기서 아키토 선수, 전진하는 아군을 원호하기

위해 대포를 쏘기 시작했습니다! AP 5000인 포격, 과연 박력 있는 공격입니다, 이거!》

팜의 무장을 만들어 내는 힘. 그것으로 나온 포대에서 발사된 포탄은 전진하는 아군에게 만에 하나라도 맞지 않도록 약간 위를 향해 쏘아졌다. 포탄은 이윽고 중력에 따라 포물선을 그렸다. 아름다운 곡선이다.

떨어진 곳에는 상대 마스터인 안토니오가 있다. 노리는 것은 마스터에 대한 직접 공격이다. 상대 마스터를 직접 때려 LP를 빼앗는 공격은 다이렉트 어택이라 부른다.

그러나 안토니오는 태연한 얼굴로 그것을 보며 손가락을 딱 튕겨 자신의 카드에게 명령했다.

"갑자기 다이렉트 어택을 노리다니 완전히 초보 티가 나는군. 보여줘라, [라이징샷]. 너의 진가를 보여줘."

순간 총잡이 스타일의 카드, 안토니오의 카드인 [라이징샷]이 엄청난 기세로 허리에 찬 리볼버 총을 꺼냈다. 그대로 고속으로 방아쇠를 당겨 탄환을 두 발 발사했다.

탄환이 똑바로 날아가 팜의 포탄에 박히며 공중에서 폭발시켰다.

[라이징샷]. 고작 두 정의 리볼버를 무기로 싸우는 총잡이 카드이다.


**[라이징샷]**

AP: 4600 DP: 3000

《그러나 안토니오 선수, 이것을 쉽게 격추! 과연 '명사수'
라는 이명을 지닌 안토니오 선수, 발사하는 속도로는 결코
뒤지지 않습니다!》

중계자가 외치자, 아키토는 조금 놀란 목소리로 중얼거
렸다.

"굉장해, 공중에서 날아든 포탄을 쉽게 맞추다니. 기대하
고 쏜 것은 아니지만, 이 정도로 쉽게 막아낼 줄이야……!"

역시 스탠더드에 나오는 선수는 실력이 좋다. 그 사실을
새삼 깨달았다.

그러나 지금 일격이 완전히 소용이 없었던 것은 아니다.
상대에게 처리를 시키는 동안 어태커 둘, 요시히코와 안젤
리카가 전진할 수 있었기 때문이다.

"갑니다……!"

라이징샷이 성가시다고 판단한 아키토의 지시로 선행한
안젤리카가 가볍게 도약하여 라이징샷을 노리고 달려들었
다. 그러나 그 손톱이 휘둘러지기도 전에 상대의 다른 카드,
톤파를 든 [톤파 마스터 죠]가 가로막았다.

**[톤파 마스터 죠]**

AP: 4600 DP: 3400

"큭……!"

어쩔 수 없이 안젤리카가 톤파 마스터를 향해 손톱을 휘둘렀다.

그러나 그 일격은 톤파 마스터의 톤파에 쉽게 가로막히며 깡 하고 금속끼리 부딪치는 소리를 냈다.

"안녕, 허니~. 나를 무시하고 친구를 노리다니 너무하네. 이러면 안·되·지☆"

"힉……."

일격을 막아낸 톤파 마스터가 가슴털을 과시하면서 손 키스를 날리며 말하자, 온몸에 소름이 끼친 안젤리카가 작게 비명을 질렀다.

허둥지둥 손을 뒤로 빼고 몸을 빙글 돌린 뒤 다시 한번 휘둘렀지만, 톤파 마스터가 기분 나쁜 모션으로 뛰어올라 쉽게 피하자, 그 순간 등 뒤에서 발포음이 울리며 총탄이 안젤리카의 미간을 향해 날아왔다.

"아……!"

아키토가 바로 조작하여 눈앞으로 손톱을 휘둘렀다. 손톱으로 탄환을 튕겨 내 궤도를 바꾸자 직격은 피했지만, 동시에 발사되었던 한 발의 탄환이 안젤리카의 다리를 스치면서 피부를 꿰뚫어 피가 분출되었다.

"큭……!"

"안젤리카!"

안젤리카가 고통스럽게 신음하자 아키토는 걱정되어 그녀의 이름을 외쳤다.

"괜찮아요, 이 정도는……!"

애써 그렇게 말하고 안젤리카가 다시 한번 달려갔다. 상대는 톤파 마스터로 라이징샷을 지키는 전투 스타일인 모양이다. 어떻게든 틈을 노려 라이징샷을 해치우거나, 먼저 톤파 마스터를 끝장내야 한다.

방심하지 않고 조작하며 아키토는 팜에게 물었다.

"어때, 팜. 다음 포격 준비는."

"좀 더 걸릴 거예요, 죄송해요!"

팜의 포격은 착탄 지점에서 폭발하여 광역 대미지를 입히는 우수한 원거리 공격이지만 연발할 수는 없다. 한 번 쏠때마다 장전하는 데 시간이 걸린다.

"좋아, 당황하지 말고 진행해 줘…… 요시히코 군!"

그때 속도의 차이로 그제야 적의 앞까지 도달한 요시히코에게 아키토가 지시를 내렸다.

시키는 대로 요시히코가 톤파 마스터를 노리고 여기검을 휘둘렀다.

"합!"

나름대로 경험을 쌓으며 꽤 숙련된 일격이었으나, 이것도 톤파 마스터의 톤파에 간단히 가로막히고 말았다. 이어서 연속으로 검을 휘둘렀지만 모두 어려움 없이 피해 버렸다.

"큭, 이런……."

요시히코가 필사적으로 공격을 펼쳤지만, 톤파 마스터의 방어를 전혀 뚫지 못했다. 그것을 보며 톤파 마스터가 여유로운 얼굴로 말했다.

"아무런 박력이 없는 공격이야. 막지 않아도 아마 대단한 대미지는 입지 않았겠지. 약해, 약해."

"큭, 바보 취급을 하시네요……! 당신이 쭉쭉빵빵한 미녀였다면 좀 더 강한 모습을 보여줬을 텐데요……!"

그러면서 요시히코가 검을 휘둘렀지만, 모두 쉽게 피하고 말았다. 그리하여 생긴 커다란 빈틈을 노리고 상대의 톤파가 움직이기 시작했다.

위험하다고 생각하며 상대의 톤파를 경계하는 요시히코. 그 몸을 톤파 마스터가 힘껏 발로 걷어찼다.

"톤파 킥!"

"커헉!"

요시히코의 몸이 떠오르며 고통스러운 신음이 새어 나왔다. 그 몸이 착지하기도 전에 톤파 마스터가 다시 춤을 추듯이 연속 공격을 날렸다.

"톤파 올려차기! 톤파 이단 발차기! 톤파 서머솔트!!"

"으아악!"

톤파 마스터의 강력한 발차기 기술 때문에 요시히코의 몸이 축구공처럼 몇 번이나 튀어 올랐고, 마지막 일격으로 멀리 날아가 지면에 풀썩 떨어졌다.

"요시히코……!"

이리저리 뛰며 라이징샷을 견제하던 안젤리카가 걱정스럽게 요시히코의 이름을 불렀다. 순식간에 엉망으로 당한 요시히코가 간신히 몸을 일으키며 말했다.

"……톤파를 쓰라고!"

"흐음, 놀랍네. 고작 DP 2000인 주제에 나의 연속 공격을 맞고도 멀쩡하다니☆ 그럼 너…… DP 사기계 카드인가?"

DP 사기계란 DP는 낮으면서 실제 체력은 아주 많아서 큰 수치의 AP로 맞아도 멀쩡한 카드를 말한다.

"사기인지 뭔지는 모르겠지만, 이런 튼튼한 몸이 지금은 원망스럽네요……!"

말하면서 요시히코가 과감하게 다시 공격을 가했다. 그러나 역시 톤파 마스터가 어려움 없이 피하고는 다시 발차기로 반격했다. 그런데 그 순간.

"요시히코, 숙여!"

뒤에서 팜이 외치며 손에 든 총을 쏘았다. 그에 맞춰 요시히코가 바닥에 엎드리자, 조금 전까지 그의 몸이 있던 공간을 총탄이 가르며 지나갔다. 탄환이 향하는 곳에는…… 톤파 마스터가!

"이런……!"

톤파 마스터가 얼른 톤파를 들어 총탄을 튕겨내려고 하였지만, 완전히 성공하지 못하고 어깨를 살짝 스쳤다. 옷과 피부가 찢어지며 피가 튀었다.

《오오, 여기서 아키토 선수의 연계가 작렬! 후위와 전위의 호흡이 딱 맞는 콤비네이션입니다! 신뢰하고 있기에 가능한 아슬아슬한 타이밍인가!》

중계자의 목소리가 울리고, 관객이 흥분했다.

잠시라도 숙이는 것이 늦었다면 아군에게 맞을 수 있는 아슬아슬한 원호 사격이었다.

그것은 아키토의 연습 성과라고 여겨졌지만, 요시히코가 뒤를 향해 외쳤다.

"아니, 팜! 너 지금, 내가 맞아도 상관없다는 생각으로 쐈지! 내가 모를 줄 알아? 난 다 안다고……!"

"요시히코는 튼튼하니까 맞아도 괜찮아."

"괜찮지 않아! 특히 내 마음이!"

그렇게 말싸움을 벌이기 시작했다.

"이봐, 괜찮은 연계라고 생각했더니 아군과 함께 날려 버릴 생각이었나. 그건 아니지☆"

어깨를 억누르며 톤파 마스터가 말했다.

그러나 곧 톤파를 거머쥐고 요시히코를 향해 공격을 재개했다.

"얼른 너를 행동 불능으로 만드는 게 좋겠어…… 이얏, 톤

파 래리어트!"

"으앗!"

톤파 마스터가 호쾌하게 래리어트를 날리자, 요시히코는 몸을 젖혀 간신히 피했다. 그대로 살짝 거리를 벌려 검을 고쳐 잡으며 요시히코가 외쳤다.

"그러니까 손에 든 톤파를 쓰라고! 왜 체술만 써?!"

반면 라이징샷을 상대하고 있는 안젤리카도 총격으로 견제를 받아 생각처럼 공격을 하지 못하고 있었다.

"큭……."

파고들려고 하는 순간 총탄이 날아와 기선을 제압당했다. 상대는 리볼버를 쓰고 있기에 몇 발씩 쏠 때마다 재장전이 필요하지만, 안젤리카가 총격을 회피하는 동안 순식간에 그것을 완료하는 바람에 빈틈이 생기지 않았다.

'하지만 거리는 꽤 좁혔어……. 다음 재장전 타이밍에 공격할 수 있겠어!'

방심하지 않고 상대의 움직임을 보며 안젤리카가 속으로 중얼거렸다.

모두가 도전하는 첫 팀전. 이기고 싶다고 강렬하게 바랐다. 이겨서 함께 축하하고 싶다. 다 같이……!

"요시히코, 잘 피해!"

"우오오오! 지시를 너무 대충 하는 거 아니에요?!"

그동안에도 요시히코와 팜은 호흡이 척척 맞는 연계……로 보이는 삐걱거리는 연계를 선보였다. 요시히코가 뛰어오르는가 싶더니 그의 다리 사이로 팜의 총탄이 지나갔고, 얼른 몸을 비트는가 싶더니 다시 그 뒤에서 총탄이 튀어나왔다.

그것에 농락당한 톤파 마스터는 조금씩 대미지가 쌓이기 시작했다.

"쳇, 이거 성가신데☆"

어조는 달라지지 않았지만 톤파 마스터의 얼굴에 초조함이 보였다. 그러는 동안 팜의 포대가 장전을 완료했다.

"마스터, 갈 수 있어요!"

팜이 아키토의 얼굴을 보며 전하자, 아키토는 크게 고개를 끄덕이고 명했다.

"즉시 포격해! 목표는……!"

순간 굉음이 울리며 팜의 포대가 불을 뿜었다. 그곳에서 쏘아진 포탄은 앞에서 싸우고 있는 카드들 사이를 누비며 똑바로 날아갔다.

그 끝에는…… 상대 마스터와 그의 디펜더!

"쳇…… 막아라, [플로트 실드 · 가드너]!"

안토니오가 명령하자, 그의 디펜더인 플로트 실드 · 가드너가 움직였다. 이족보행을 하는 자동차와 같은 몸에 두 개의 부유하는 방패를 지닌, 높은 DP가 장점인 로봇 카드이다.

**[플로트 실드 · 가드너]**

159

AP: 2200 DP: 4400

부유하는 방패 두 개가 민첩하게 움직이며 전방을 지켰다. 팜의 탄환이 그곳에 박혔고, 곧 굉음과 함께 튕겨 나갔다.

"윽……. 역시 AP 5000쯤 되니 박력이 다른데……!"

적확한 방어였지만 AP 5000의 위력을 완전히 죽이지는 못하고, 부유하는 방패가 삐걱거리며 강한 바람이 일어 안토니오의 얼굴을 때렸다.

대미지는 없었지만 몇 발이나 같은 공격을 받으면 방패가 버티지 못할 것이다. 지구전은 불리하다.

'흥, 역시 화력은 높아. 그러나 바다 적성인 카드를 지상에서 쓰는 게 얼마나 불리한지 바로 깨닫게 해주마……!'

안토니오가 속으로 중얼거리는 동안에도 전황은 변화를 맞이하려고 하고 있었다. 드디어 안젤리카가 크게 거리를 좁혔고, 라이징샷의 리볼버는 앞으로 한 발밖에 남지 않았다.

'할 수 있어! 이제 한 발만 피하면……!'

안젤리카의 손톱의 사정거리 안에 아슬아슬하게 들어갈 위치. 위험하다고 생각했는지 라이징샷이 안젤리카의 얼굴을 노리고 마지막 탄환을 쏘았다. 그러나 그것은 안젤리카의 손톱에 튕겨 엉뚱한 방향으로 날아갔다.

이것으로 라이징샷의 권총, 그 탄창에는 탄환이 남지 않게 되었다.

'해냈어······!'

장전하게 두지 않겠다. 단숨에 베어 내 마무리를 짓기 위해 안젤리카는 똑바로 돌진했다. 곧 안젤리카가 라이징샷의 몸을 찢어 버리기 위해 손톱을 휘두른 그 순간.

"멍청하긴! [라이징샷] 메인 스킬······ 〈패닝샷〉!"

안토니오가 씩 미소를 짓더니 스킬 카드를 사용했다. 라이팅샷의 메인 스킬로, 그 효과는······.

"앗!"

손톱을 휘두르던 안젤리카에게 전율이 흘렀다. 그 예리한 시각이 확실히 그것을 포착했다. 즉······ 라이징샷의 권총에 여섯 발의 탄환이 나타나는 광경을.

"훗······!"

라이징샷이 작게 숨을 내뱉으며 방아쇠를 당긴 채, 손에 든 권총의 공이치기를 몇 번이나 때렸다. 그와 동시에 탄환이 차례로 발사되었고, 그리고······ 그 하나하나가 안젤리카의 몸에 명중했다.

"꺄아아악!"

"안젤리카!!"

안젤리카가 비명을 지르자, 아키토가 그녀의 이름을 외쳤다. 맞은 곳은 오른쪽 허벅지, 왼쪽 어깨, 그리고 오른쪽 옆구리. 치명적인 부위는 간신히 피했지만, 안젤리카는 한순간에 총격을 세 발이나 맞고 말았다.

**[라이징샷] 메인 스킬: 〈패닝샷〉**

**사용 후, 권총의 탄환이 장전되고, 또한 일정 시간 동안 초고속 공격이 가능해진다.**


'이런, 속았어⋯⋯! 메인 스킬로 탄환 보충이 바로 가능했던 건가⋯⋯!'

아키토가 속으로 탄식했다. 라이징샷이 메인 스킬로 고속 사격을 하는 것은 알고 있었지만, 탄환의 장전까지는 알아내지 못했기 때문이다.

콜로세움에 무수히 존재하는 카드들, 그 모든 능력을 파악하기란 매우 곤란하다. 그러나 사전에 정보 취득이 뒤처졌다는 사실은 부정할 수 없다.

"크윽⋯⋯."

강렬한 공격에 안젤리카의 움직임이 멎었다. 그러면서도 추가로 올 공격을 경계하며 몸을 지키기 위해 손톱을 준비했다.

그러나 라이징샷은 그런 안젤리카가 아니라, 갑자기 다른 방향을 향해 발포했다. 놀란 안젤리카가 눈으로 궤적을 좇은 그곳에는.

"⋯⋯팜!"

안젤리카가 외쳤다. 상대의 목적은 이쪽의 디펜더인 팜이었다. 처음부터 안토니오는 아키토의 디펜더가 약하다는 것에 주목하고, 그곳을 공격하기 위한 타이밍을 쭉 노리고 있었다.

"꺅……."

팜의 입에서 작게 비명이 새어 나왔다. 피할 수는 없다. 자신이 피하면 아키토에게 탄환이 명중하고 만다. 자신이 막아야만 한다.

손에 든 총을 들어올려, 이것으로나마 어떻게든 일격을 막으려 했다.

그러나 DP 2000인 팜이 공격을 맞으면 아마 큰 타격을 입을 것이다. 최악의 경우, 일격에 부서질 수도 있다.

'잡았다!'

안토니오가 그렇게 확신한 순간.

아키토가 빠르게 팜의 앞으로 뛰어나가 그 총탄을 자신의 몸으로 맞았다.

"큭……!"

"……마스터?!"

아키토가 신음하자 팜이 놀라 외쳤다. 아키토의 LP는 그 일격에 고작 1200까지 떨어지고 말았다.

《어이쿠, 아키토 선수, 여기서 디펜더를 감싸고 직접 공격을 맞았습니다! 무언가 작전이 있는 것일까요?!》

중계자가 외치고, 관객석은 흥분으로 들끓었다. 그러나

그것을 신경 쓸 여유도 없이 상처받은 얼굴로 팜이 말했다.

"마스터, 어째서……! 팜은 디펜더예요, 그런데 팜을 감싸고 LP를 깎아가면서까지 대체 왜……."

그것은 팜에게 충격적인 일이었다. 아키토는 디펜더로서 자신을 신뢰하지 않는 것인가.

그러나 아키토는 팜의 눈을 지그시 바라보며 말했다.

"아니야. 지금 네가 대미지를 입으면 두 사람을 원호할 수 없게 돼…… 이것은 그걸 피하기 위해 필요한 판단이야, 팜."

"마스터……."

팜이 울먹이는 눈으로 아키토를 바라보았다.

애초에 아키토는 팜을 딱히 탱커로 보지 않았다. 디펜더는 오로지 방어에만 전념하도록 특화된 카드를 사용하는 전법과 다소 약하더라도 원거리 공격이 가능한 카드를 사용하는 공격적인 편성을 하는 전법이 있다.

지금 아키토가 선택한 것은 후자이며, 디펜더가 공격을 받는 국면을 만들고 만 시점에 마스터의 실책이라고 해도 좋다.

누구보다도 지금 상황에 괴로운 사람은 바로 아키토였다. 역시 스탠더드 규칙의 적은 강하고 또한 까다롭다. 어중간한 방법은 통하지 않는다……!

그리고 아키토는 팜의 등을 가볍게 두드리고 강하게 말했다.

"이제부터 시작이야! 자, 만회하러 가자, 팜!"

"……네!"

두 사람이 그런 대화를 나누는 동안에도 전황은 움직이고 있었다. 팜을 노리느라 라이징샷에게 빈틈이 생겼다. 그것을 놓치지 않고 안젤리카가 도약하여 라이징샷을 향해 손톱을 휘둘렀다.

"야압!"

상대의 목덜미를 노린 날카로운 공격이다. 그러나 라이징샷이 몸을 숙인 탓에 빗나가며 그의 어깨를 살짝 찢어내는 것에 그쳤다.

그대로 데구르르 지면을 굴러 거리를 벌리려고 하는 라이징샷. 안젤리카는 그를 추격하려고 하였지만, 그때 라이징샷이 발포하였기에 방어로 전환하지 않을 수 없었다.

그리고 서로 손톱으로 공격하기에는 너무 멀고, 충격을 가하기에는 다소 가까운 애매한 거리에서 태세를 가다듬었다. 라이징샷을 움직이며 안토니오는 바쁘게 상황을 정리하였다.

'빈약한 디펜더를 감싸고 LP로 막아 내다니. 처음부터 그럴 생각이었을지도 모르지만 좋은 판단이야. 이 규칙이 처음이라고는 생각할 수 없어.'

초심자란 LP가 줄어드는 것을 극단적으로 꺼리는 법이다. 이 LP 6000짜리 규칙에서는 마스터가 두 번 직격을 맞으면 패배한다. 한 발을 맞으면 더는 물러날 곳이 없다.

그렇다면 우연이라도 한 번 맞으면 시합이 끝나고 만다. 그렇게 생각하여 어떻게든 LP를 온존하려고 한다. 그러나 능숙한 마스터라면 그것을 '한 번은 카드에게 대미지를 입히지 않고 흡수할 수 있다'고 생각한다.

아키토가 거기까지 생각하였는지는 알 수 없지만, 지금 일격으로 상대 디펜더에게 대미지를 입히거나 잘하면 파괴할 수 있다고 판단한 안토니오로서는 조금 뜻밖의 상황이었다.

"하지만 이제 다음은 없어. 끝내도록 하지, 타카츠키……!"

안토니오가 스킬 카드를 사용하자 라이징샷이 다시 패닝샷을 날렸다. 연속으로 공이치기를 당기는 동작과 함께 총탄이 맹렬한 기세로 쏘아졌다.

"이 정도, 알고 있으면……!"

그러나 안젤리카는 상처 부위에서 피를 흘리면서도 몸을 날려 간신히 피했다. 탄환은 그 옆을 지나 모두 후방으로 날아갔다.

"안젤리카 언니!"

그때 안젤리카의 이름을 외치며 팜이 총탄을 쏘았다. 목표는 라이징샷이다. 타깃을 바꾼 연계이다.

"쳇!"

라이징샷은 혀를 차며 어떻게든 그것을 피하였으나, 자세가 무너졌다. 순간 안젤리카가 움직인다.

"할 수 있어……!"

손톱을 휘두르며 안젤리카가 중얼거렸다. 이기고 싶다고 강하게 염원했다.

동시에 요시히코도 검을 쳐들어 톤파 마스터를 베려고 했다. 팜의 총격을 기점으로 한 일제 공격. 성공하리라 생각했다. 그러나.

"흥!"

작게 웃은 톤파 마스터가 요시히코의 일격을 완전히 무시하고 안젤리카 쪽을 향해 톤파 끝을 향했다.

"엥⋯⋯?!"

요시히코는 놀란 소리를 내면서도 그 등에 검을 꽂으려고 했지만, 미력한 요시히코의 일격은 톤파 마스터의 몸에 살짝 상처를 내는 수준에 그쳤다.

"톤파샷!"

순간 톤파 끝에서 탄환이 튀어 나왔다. 톤파에 내장되어 있는 총탄⋯⋯ 톤파 마스터의 숨겨진 무기이다.

"헉!"

"안젤리카, 숙여!"

안젤리카가 숨을 들이키자, 아키토가 외쳤다. 완전한 기습이다. 안젤리카는 그 지시에 따라 몸을 숙였지만 완전히 피하지 못하여 어깨에서 피가 튀었다. 이어서 라이징샷도 발포하여 필사적으로 피할 수밖에 없었다.

다시 톤파샷이 발사되어 두 카드의 총격에 농락당하는 안젤리카. 전위에 선 두 카드에 의한 십자포화, 이것이야말로 안토니오가 특기로 하는 전법이었다.

"에잇…… 저를 무시하지 말라고요, 에잇, 에잇!"

요시히코가 톤파 마스터를 노리고 검을 휘둘러 몇 번이나 맞혔지만 톤파 마스터는 태연한 얼굴이었다.

"흥, 소용없다. 그런 빈약한 AP로 나는 부서지지 않아☆"

"크윽……."

톤파 마스터가 총격을 반복하며 비웃자, 요시히코가 인상을 찌푸렸다. 상대가 경계하게 만들기에는 요시히코의 AP가 너무 낮다. 상대는 요시히코를 상대하는 것 자체를 하지 않기로 했다.

그러는 동안에도 총격을 필사적으로 피하던 안젤리카가 마침내 자세를 무너뜨리고 그 자리에 넘어지고 말았다.

"꺅……!"

"흥, 이걸로 끝이다!"

안토니오가 승리를 확신했다. 핵심인 흡혈귀를 파괴하면 아키토에게는 더는 승산이 거의 없다. 그러면 틀림없이 항복할 것이다.

라이징샷이 방아쇠에 손가락을 걸었다.

그런데 그때, 아키토가 자신의 홀더에서 한 장의 카드를 뽑아 외쳤다.

"……요시히코!!"

손에 든 카드는 요시히코의 메인 스킬 〈리비도 파워 전개〉.

요시히코가 그 시합 중에 받은 성적 충동에 따라 AP가 향상되는 능력이지만, 이 상황에서는 별로 의미가 없는 듯 보였다. 왜냐하면 적 카드는 남자와 로봇뿐이므로, 요시히코의 스킬의 대상이 될 상대가 없는 듯 여겨졌기 때문이다. 그러나.

'……마스터. 지금이라면 당신이 왜 이런 편성을 짰는지 알겠습니다. 이것은…….'

요시히코가 솟구치는 자신의 힘을 느끼며 가만히 한 곳을 응시했다.

그것은 시합이 시작되고 나서 요시히코가 싸우면서도 힐끔힐끔 눈으로 좇던 곳. 봐서는 안 된다고 생각하면서도 거부할 수 없는 흡인력으로 요시히코의 시선을 꽂히게 만든 그 장소.

즉…… 안젤리카의 허벅지!

'본래 전투 중에 동료인 안젤리카를 그런 눈으로 봐서는 안 될 테지만……. 그래도 이리저리 뛰어다니는 안젤리카와 그와 함께 흔들리는 치마가 자꾸만 나의 눈길을 빼앗고 말아…… 그게…… 그게……!'

요시히코의 AP가 점점 상승했다. 수치가 4000을 넘었고, 그것만이 아니라…… 그가 손에 든 검이 점점 더 길게 뻗었다!

"'이런 짓은 해서는 안 돼'라는 배덕감이 더해져 참을 수 없어어어어!"

요시히코가 외치자 그 검이 맹렬한 기세로 뻗어나갔다.

"아닛?!"

그것을 발견한 톤파 마스터가 바로 자세를 취했다. 이미 요시히코의 AP는 무시할 수 없는 수준이 되어 있었다.

그러나 요시히코의 목표는 톤파 마스터가 아니었다. 그대로 똑바로 뻗은 요시히코의 검은 중간에 휙 꺾이며 마치 채찍처럼 되어 라이징샷의 총을 쥔 손을 휘감았다.

"이런……!"

안토니오가 놀란 소리를 냈다. 그동안에도 요시히코는 자신의 검을 힘차게 당겨 검에 연결된 라이징샷의 팔을 잡아당겼다. 총구가 엉뚱한 방향을 향하여 무의미한 일격이 발사되었다.

"지금이야, 안젤리카!"

"큭!"

상대의 손을 구속한 채 요시히코가 외치자, 그 목소리에 힘을 얻은 듯 안젤리카가 일어나 달려갔다. 그리고 손톱을 길게 뻗어…… 라이징샷의 몸에 강하게 찔렀다!!

"으아악!"

"안 돼, 그거 놔!"

라이징샷이 고통스럽게 비명을 지르자, 안토니오가 서둘

러 지시를 내렸지만 그렇게 되기 전에 아키토가 다시 카드의 힘을 해방했다.

"[붉은 눈의 흡혈 소녀] 메인 스킬……!"

카드에서 힘이 해방되어 안젤리카에게 주입되었다. 손톱이 빛을 내뿜었고, 안젤리카가 자신의 힘의 이름을 외쳤다.

"〈블러드 서커(부정한 밤의 조흔)〉!"

순간 그 손톱이 떨리며 라이징샷의 혈액을 빨아들이기 시작했다.

"으으윽……!"

라이징샷의 입에서 신음이 흘렀다. 생명을 빨리는 감각. 라이징샷의 몸에서 힘이 빠지며, 그와 동시에 놀랍게도 심한 부상을 입었을 터인 안젤리카의 몸이 점차 회복되었다.

안젤리카의 메인 스킬…… 그것은 박아 넣은 손톱으로부터 상대의 생명을 흡수하여 자신을 치유하는 공방 일체의 스킬이었다.

**[붉은 눈의 흡혈 소녀] 메인 스킬: 〈블러드 서커〉**

상대의 몸에 손톱이 박혀 있는 상태로 사용 가능. 상대의 몸에서 생명력을 흡수하고, 그에 따라 자신의 상처를 치유할 수 있다. 이 효과는 손톱이 상대의 몸에 박혀 있는 한 지속된다.

"야아아아아앗……!"

기합을 넣으며 안젤리카가 자신의 손톱을 더욱 깊이 찔러 넣었다. 상대의 피를 빠는 감각은 안젤리카에게 역겨운 것이었지만 지금은 모두 무시하기로 했다.

'내가 부서지더라도, 이 손톱은 빼지 않겠어……!'

안젤리카가 속으로 외쳤다. 라이징샷은 필사적으로 몸을 빼내려고 하였찌만, 한 손을 구속당한 상태라 제대로 되지 않았다.

"안 돼! 이거 놔!"

당황한 톤파 마스터가 요시히코의 얼굴에 강렬한 라이트 스트레이트를 날렸다.

'허억' 하고 요시히코가 비명을 질렀고, 톤파 마스터가 연속해서 그 얼굴을 강타했지만 요시히코는 결코 자신의 검에서 손을 떼려고 하지 않았다.

"놓을까 보냐…… 죽어도 안 놔! 얼마든지 때려 봐!"

"큭…… 그만 포기해!"

톤파 마스터가 요시히코의 얼굴을 향해 톤파 끝, 그러니까 총구를 들이댔다.

'아무리 그래도 대미지는 축적되었을 터! 가까운 거리에서 맞으면 아무리 단단한 카드라도 버틸 수 없어!'

이 일격으로 부숴 주마! 라고 의기양양하게 톤파 마스터가 총을 쏘려고 했다.

"그럴 수는 없습니다!"

그러나 그보다 한 박자 빠르게 팜이 총탄을 쏘았다. 똑바로 날아간 총탄은 정확하게 톤파 마스터의 톤파에 직격하며 그것을 튕겨냈다.

"으윽……."

무기를 잃게 된 상대 마스터, 안토니오가 신음했다. 그 머리에 항복이라는 글자가 떠올랐다. 우세했을 터였다, 분명. 그러나 아키토의 고작 하나의 세트 플레이로 모두 뒤집히고 말았다.

그리고 그러는 동안에도 팜의 포격이 쏟아져 플로트 실드 · 가드너의 방어를 깎아 내고 있다. 라이징샷의 체력이 버티지 못하게 된 아슬아슬한 순간에 결국 안토니오가 두 손을 들어 선언했다.

"……항복! 항복이다! 내가 졌으니, 이제 그만해!"

《거기까지! 승자, 타카츠키 선수! 첫 시합이라고는 생각할 수 없는 움직임, 훌륭했습니다! 장하다, 장해!》

중계자가 승패를 전하자, 관객석에서 함성이 일었다. 안토니오에게 걸었던 티켓이 일제히 허공을 날았다. 기뻐하는 관객보다도 한탄하거나 머리를 싸맨 관객이 더 많았다. 아무래도 첫 시합이고 아직 카드도 약해 보이는 아키토가 질 것이라 판단한 관객이 많았기 때문이다.

반면 시합장에서는 요시히코와 안젤리카가 아키토에게로 서둘러 돌아갔다.

"해냈어요, 마스터! 대역전이라고요, 대역전! 마지막 지시, 대단했어요!"

"저도, 중간에 틀렸다고 생각했는데…… 마스터 덕분에 이겼습니다, 고…… 고맙습니다……!"

둘 다 여기저기 상처투성이인데 환하게 웃으며 승리를 기뻐하였다. 그들에게 많은 대미지를 입히고 만 것을 아키토는 미안하게 생각했지만, 그 웃는 얼굴을 보니 그런 생각도 날아갔다.

"무슨 소리야. 나야말로 고마워. 이길 수 있었던 건 너희 덕분이야."

아키토도 미소를 지으며 칭찬했다.

그러자 몸을 덜덜 떨고 있던 팜이 그 자리에 풀썩 주저앉았다.

"앗…… 괘, 괜찮아, 팜? 어디 아픈 곳이라도 있어?"

안젤리카가 얼른 따라서 앉아 어깨에 손을 얹자, 팜이 그 손을 떨리는 손으로 살며시 잡으며 대답했다.

"다행이야……. 다시 모두가 있는 사무실로 같이 돌아갈 수 있어……. 아직 여러분과 함께 있을 수 있어요……."

그 말에 안젤리카는 심장이 덜컥 내려앉았다.

그렇다. 지금 시합, 누군가를 잃어도 이상하지 않았다. 이렇게 세 카드가 무사히 남을 수 있었던 것은 커다란 행운이 따랐기 때문이다. 아키토는 누군가 부서지고 말 것 같다면 바로 항복하려고 했을 것이다. 그러나 그것이 제때 이루어진다는 보장은 없다.

부서지고 마는 것은 카드의 숙명. 그러나 팜에게 지금 그것은 두려운 일이었다.

이유는 잘 알겠다.

지금 이 동료들이, 그리고 아키토의 카드로 있는 것이 무척 마음 편하기에. 다 같이 보내는 매일이 싸우기 위한 도구에 지나지 않는 자신들에게 위안을 주기 때문이다.

'……소중한 것일수록 잃는 것이 무서워.'

팜을 일으켜 세우면서 가만히 동료들의 얼굴을 살폈다.

솔직하게 자신들의 협력으로 거머쥔 승리를 기뻐하는 얼굴이다.

……이런 광경을 자신의 시간이 다하기 전까지 많이 볼 수 있으면 좋겠다.

그렇게 바라지 않을 수 없었다.

1

"오······. 이봐, 저기 봐."

콜로세움 내부의 선수용 통로.

출입문과 시합 접수처, 또한 선수용 대기실로 이어진 그 통로에 모여 있던 투사 중 한 사람이 목소리를 낮춰 눈앞의 동료에게 말을 걸었다.

그 시선 끝에는 비서 카드를 데리고 통로를 걷는 투사, 아키토의 모습이 있었다.

"타카츠키다. 요즘 승리를 거듭해서, 꽤 잘 나간다는 건방진 자식."

"아아, 저 녀석인가······. 강호들도 몇 명 쓰러트렸다고 하던데. 게다가 아직 자기 카드는 한 장도 부서지지 않았다고 하더라."

그 투사 두 사람이 아키토를 힐끗 보며 소곤소곤 풍문을 전했다. 계속 보고 있으니 아키토를 발견한 다른 투사가 말을 걸고 있었다.

"어, 타카츠키, 지금 왔구나. 어때, 나랑 팀으로 시합 하나 안 나갈래? 너랑이면 이길 것 같은데."

"미안해, 지금은 솔로로 하기로 결심했어. 다음 기회가 있으면 부탁할게."

"이봐, 타카츠키, 너 지난 승부로 나에게 이겼다고 생각하는 건 아니겠지. 슬슬 재시합을 하자고. 50만 걸고 하는 게 어때."

"안토니오, 넌 카드를 새로 들여온 참이잖아. 당분간 착실하게 벌어 두라고."

"야, 타카츠키! 난 지금 널 날려 버리기 위해 엄청난 조합을 만들어 냈어! 각오해 둬!"

"정말? 진짜 기대되네……. 참고로 어떤 카드를 어떻게 쓰는 겁니까? 공부하고 싶으니 가르쳐 주지 않겠습니까."

"가르쳐 줄 리가 없잖아, 바보!"

차례로 말을 거는 상대에게 아키토는 익숙한 태도로 대답했다.

대부분은 아키토가 시합에서 싸운 상대이다. 이긴 상대도 있는가 하면, 진 상대도 있다.

복수 카드 규칙에 완전히 빠진 아키토는 미친 듯이 시합을 반복하여 많은 투사들과 아는 사이가 되었다.

아키토를 싫어하는 사람도 있고, 재미있는 녀석이라며 친구처럼 말을 거는 상대도 있다. 그들 모두가 아키토에게는 소중한 인연이다. 마찬가지로 카드를 지니고, 서로 그것에 대한 철학이 있고, 카드를 통해 다양한 관점으로 얽히는 사람들.

그것이야말로 아키토가 그의 인생에서 원하던 존재였기 때문이다.

"쳇, 뭐가 좋다고 저래. ……이봐, 너라면 저 녀석에게 어떻게 이길래?"

그 모습을 보며 아까 그 투사가 묻자, 질문을 받은 쪽은 턱에 손을 대고 생각에 잠겼다.

"어렵겠지. 저 녀석, 어떻게 나올지 알 수가 없으니까. 카드도 스테이터스는 제각각이라 세 장을 늘어놔도 강한지 약한지 모르겠어. 하지만 한 가지 명확한 약점이 있지."

"흐음, 그게 뭔데?"

"아까 말했잖아. 저 녀석은 이상할 정도로 카드가 부서지는 걸 싫어해. 패배한 시합은 대부분 카드가 당할 것 같을 때 항복했거나 소극적이 되어 판정패한 거야. 그러니 하나를 철저하게 노리고 없애 버리면 저 녀석은 바로 항복하겠지. 어려운 게 아냐."

"하지만 저 녀석은 전위를 단단한 카드로 고정시키는 일이 많아. 같은 생각으로 저 뭐라고 했던가…… 타카츠키가 쓰는 변태 카드를 엉망으로 만들었는데 아무리 지나도 부서지지 않아서 지고 만 녀석도 있었어."

"……그 녀석은 무시하는 게 좋아. 상대해 주면 페이스가 흐트러지니까. 다른 카드를 노리는 게 나아."

"하지만 다른 건 잡을 수 있을지 의심스러운 스피드 스타와 폴짝폴짝 뛰어다니며 흡수 능력도 있는 흡혈귀잖아. 디펜더는 쓸데없이 단단한 나이트를 두고 있고, 한 장을 노리는 동안 리드를 빼앗겨 지는 일도 많아."

거기까지 말하다 서로의 얼굴을 마주 보고는 조금 굳어 있다가 한숨을 내쉬었다.

즉, 아키토는 만만치 않다. 단순히 새로운 강호가 한 명 늘었다는 뜻이다.

반면 아키토는 몇 명인가 투사들과 인사를 나누면서도 주위를 두리번거렸다. 그런 아키토를 옆에 있던 캐롤이 들여다보며 물었다.

"왜 그러세요, 두리번거리고. 누군가를 찾고 있나요?"

"아니, 그냥…… 앗."

그때 아키토는 찾던 사람을 발견하고 그쪽으로 걸음을 옮겼다.

의아한 얼굴로 캐롤이 뒤를 따라가자, 그 앞에는 통로 끝에 혼자 서 있는 멜리사의 모습이 보였다.

"안녕, 멜리사. 오랜만이야."

"안녕하세요, 멜리사 씨. 많이 버셨나요?"

가볍게 손을 들며 아키토와 캐롤이 멜리사에게 인사했다. 그러자 멜리사는 그제야 처음 발견했다는 얼굴로 돌아보더니 차가운 표정으로 대답했다.

"……타카츠키. 당신, 이제 말 걸지 말라고 했을 텐데. 뭘 태연하게 말을 거는 거야?"

"에이, 멜리사. 뭐야, 타카츠키라니. 전에는 아키토라고 불러 줬잖아."

"그건 갑작스러웠으니 무심코 불렀을 뿐이야. 지금은 완전히 남이니까 편하게 말 걸지 말아 줘."

말하면서 고개를 휙 돌린다. 얼른 다른 곳으로 가라고 말하는 듯한 분위기지만, 그때 멜리사의 카드인 마스라오가 끼어들었다.

"주공, 왜 그렇게 완고하게……. 타카츠키 공이 다가왔을 때 이미 알아챘으면서 모른 척하고나 있고. 시합도 항상 관전하고 있으면서."

"……마스라오! 쓸데없는 소리는 하지 마!"

얼굴을 붉힌 멜리사가 마스라오를 노려보았다. 그 모습을 보던 캐롤이 '그 성격은 변함이 없네요……' 하며 어처구니가 없는 얼굴로 중얼거렸다.

"그랬구나, 봐줬었구나! 기뻐, 멜리사. 그러는 너도 요즘 여러 장 규칙인 시합에 나가고 있던데."

"……한 장 규칙으론 요즘 대전해 주는 상대가 적어. 그렇다고 해서 집단전은 아무래도 운이 중요하고, 피곤하니까 하고 싶지 않아. 필요하니까 할 뿐이지 너에게 맞춘 게 아니야."

"아니, 딱히 나에게 맞춰 주었다는 생각은 안 했는데."

"어머, 그래. 자의식 과잉이 되지 않아 다행이네."

말하면서 고개를 돌린 채 머리를 쓸어 넘겼다.

그 모습을 힐끗 보며 캐롤은 '마치 옛날에 사귀던 커플 같은 대화인데……'라는 생각을 하고 말았다.

"……그래서? 요즘 제법 이기고 계시는 타카츠키 선수가 나에게 무슨 용건일까. 설마 시합 신청? 그럼 받아줄 수도 있어. 판돈은 100만 이상으로."

"안 할 거야. 아니, 멜리사와 본격적으로 싸워보고 싶은 마음은 솔직히 있지만, 돈이 걸린 시합은 사양할게. 그러다 카드가 부서지기라도 하면 거북해지잖아."

"난 괜찮은데."

"……정말? 로미오나 안젤리카가 부서지더라도 정말 거북하지 않다고?"

"…………."

마지막 질문에 멜리사가 눈길을 피하며 대답하지 않았다. 동료였을 때 그 두 카드와 멜리사는 교류가 있었다. 멜리사가 그들을 없애 버리고 아무것도 느끼지 않을 사람은 아니라는 것을 아키토는 잘 알고 있다.

"그런 이야기는 됐어. 그보다…… 당신, 꽤 빡빡한 스케줄로 시합을 하던데. 이기고 있다면 괜찮겠지만, 조만간 건강을 해치는 거 아냐?"

"그렇다니까요. 좀 더 말해 주세요, 멜리사 씨! 이 사람,

매일 몇 시간이나 연습하는 주제에 시합에도 매일매일 나가고 있어요! 몸이 망가진다고 말해도 괜찮다면서 고집만 부린다니까요!"

멜리사의 말에 캐롤이 이때다 싶어 끼어들었다.

"……수전노인 당신이 돈을 벌고 있음에도 그런 말을 한다는 건 꽤 무리를 하고 있다는 소리네."

"네, 투사는 몸이 자본이니까 아프기라도 하면 아무 소용이 없지 않습니. 결국 버는 돈도 줄어들고요. 배틀 카드는 카드로 돌아가면 점차 피로도, 대미지도 없어지지만, 인간은 그렇지 않잖아요? 가끔은 휴가를 말이죠……."

"캐로, 그런 말 하지 마. 지금 나는 정말 충실한 생활을 하고 있어. 몸도 정말 괜찮아서 무서울 정도로 컨디션이 좋아. 게다가 언제까지고 제자리걸음을 할 수는 없으니까."

"……제자리걸음……? 무슨 말이야?"

아키토가 끼어들어서 한 말에 멜리사가 조금 놀란 얼굴로 물었다.

아키토는 카드를 늘려 새로운 규칙으로도 잘 싸우며 승리를 거듭하고 있다.

틀림없이 앞으로 나아가고 있을 터였다.

"당신, 제법 성장하고 있는 거 아닌가? 아니, 물론 나에게는 대적할 수 없지만, 제자리걸음이라고 할 정도는……."

"아아…… 그런 게 아니야. 제자리걸음이라는 건 콜로세움에 있는 걸 말한 거였어. ……난 슬슬 CVC로 올라가려고 하거든."

"앗……."

"네?"

아키토의 말에 멜리사와 캐롤이 동시에 놀랐다.

"엇, 아니, 저기…… 마스터?! 저, 저는 처음 듣는 말인데요! 왜요?! 아직 이르다고요, 자금도 그렇고……."

"물론 좀 더 모아야지. 하지만 내가 지금까지 모은 것과 캐롤, 네가 벌어둔 돈을 합치면 어느 정도 금액이 될 거야. SR 배틀 카드를 두 장은 준비할 수 있겠지. 그것으로는 부족할까?"

"……부족하다고는 할 수 없지만요……."

그 말에 캐롤이 떨떠름하게 대답했다. 지금 수중에 있는 돈은 부족하다고는 할 수 없지만 충분하지도 않은 금액이다.

쓸 수 있는 돈도 늘어서 캐롤도 이런저런 수단을 써서 돈을 모을 수 있게 되었지만, CVC에 올라가기 위한 자금을 써버리면 다시 운용이 어려워지게 된다.

올라가는 건 좋지만, 패배를 거듭하기라도 한다면 바로 게임 오버가 되고 만다.

다행히 지금은 이기면서 벌고 있다. 조금 더 콜로세움에서 돈을 모아도 될 터였다.

그런데.

"······아키토. 당신, 뭐가 그렇게 초조한 건데?"

무심코 예전 호칭으로 부르면서 멜리사가 물었다.

옆에서 보아도 지금 아키토로부터 초조함이 느껴졌다.

"혹시 나츠메에게 뒤처졌기 때문에? 하지만 그 녀석은 당신보다 먼저 콜로세움에 있었어. 게다가······."

"그런 게 아니야. 하지만 나는 원래 CVC를 목표로 하고 있었으니까. 슬슬 가야겠다고 생각하는 게 이상한가?"

아키토는 거기서 일단 말을 끊고 작게 숨을 내뱉고 나서 다시 말을 이었다.

"게다가 내가 콜로세움에 온 지 곧 반년이야. 잠깐 돈을 모으기만 할 생각이었는데 이래서는 평생 여기에 있게 될지도 몰라. 이곳은 너무 마음이 편해······. 하지만 위를 노린다면 어딘가로 뛰어들어야지."

"아니······. 그럼······."

그 말에 멜리사가 무언가 대꾸하려다 곧 입을 다물었다.

지금 자신이 무슨 말을 하려고 한 것인가.

'마음이 편하다면 나와 계속 있으면 되잖아'라는 말을 하려던 것이 아닌가?

······어리석은 소리다. 이 녀석이 그런 인간이 아니라는 사실은 이미 알고 있다.

그러니까······ 그러니까 자신은 거리를 둔 것이 아닌가.

"······마음대로 하면 되잖아. 나와는 상관없어."

다시 고개를 돌리고 가능한 한 태연한 척 가장하며 대답했다.

무심코 떨리는 손을 슬쩍 감췄다.

그렇다. 이 녀석이 떠나는 것 따위는 전부터 알고 있었다. 그럼 이것으로 됐다. 받아들이면 된다.

──나는 **너도 나를 두고 떠나는 건가**라고 생각하지 않아도 된다.

이 녀석은 타인이다. 자신은 버려지는 것이 아니다.

"······하지만 멜리사. 그렇게 되면 너와 만날 일이 굉장히 줄어들 거야. 그런데 난 그러고 싶지 않아. 그러니까······."

"······어이, 너. 왜 그 여자에게 친한 척 말을 걸고 있지? 떨어져."

아키토가 진지한 얼굴로 무언가를 말하려는 순간, 갑자기 누군가가 뒤에서 끼어들었다. 놀란 아키토가 돌아보자 그곳에는 눈이 길쭉한 그 남자······ 리가 서 있었다.

"리······!"

"······이 자식, 누군가 했더니 전에 그 남자인가. 말했을 텐데. 그 여자에게는 두 번 다시 접근하지 말라고."

당황한 얼굴로 멜리사가 그의 이름을 부르자, 리는 눈을 가늘게 뜨고 아키토의 얼굴을 노려보았다.

"그리고 이렇게도 말했지······ 다음에 다가가면 죽이겠다고."

순간 리의 몸에서 살기가 흘러나왔다.

아키토가 지금까지 느낀 적이 없는 진짜 살기였다.

"큭……."

아키토는 본능적으로 두려움에 떨었다. 그 몸짓, 분위기, 목소리. 그 모든 것이 눈앞의 상대가 위험하다는 것을 전해 주었다.

틀림없다…… 이 녀석은 정말 사람을 죽인 적이 있다.

투사로서 실력을 키워온 아키토. 그러나 진심으로 이쪽에 살기를 보낸 상대와는 지금까지 싸운 적이 없다. 전에 싸운 익스플로드 팀도 딱히 이쪽의 목숨을 노리지는 않았다.

그러나 이 자는 다르다…… 거스르면 진짜 죽게 될 것이다.

평범한 광부에 지나지 않았던 아키토에게는 역부족인 상대이다.

그때 마찬가지로 몸을 움츠리고 있던 캐롤이 앞으로 나와 반론했다.

"뭐, 뭐야…… 콜로세움에서는 살인 같은 건 불가능해! 데우스의 시스템이 지켜주니까! 그런 협박……."

"너…… 히나토인인가?"

"……뭐?"

그런 캐롤을 무시하고 리가 아키토의 얼굴을 뱀처럼 노려보며 묻자, 아키토는 놀란 소리를 냈다.

그러나 잘 생각해 보면 아키토의 이름으로 어느 나라 사람인지는 바로 알 수 있을 것이다.

리의 이름도 카란국에 흔한 것이다. 그런 식으로 대충 추측할 수 있다.

"협박할 생각인가? 하지만."

"게다가 제법 눈에 띄는 비서 카드를 데리고 있어. 그 두 가지를 합치면 네가 콜로세움에서 싸움을 시작한 시기에 홀더를 계약한 녀석을 찾으면 현실의 위치를 특정하는 건 어렵지 않지."

그대로 아키토에게 불쑥 고개를 들이밀고 리가 속삭였다.

"나에게는 널 찾아낼 수단이 있다. 너를 죽일 수단도. 알겠으면 두 번 다시 저 여자에게 말 걸지 마. 진짜 죽여 줄 테니…… 애송이."

조용한 위압을 담은 말이다.

"……마, 마스터, 이 사람 좀 위험해요……. 이, 일단 사과하는 게……."

옆에서 움츠러들었던 캐롤이 충고했다.

그러나 아키토는 상대를 마주 노려보며 단호하게 말했다.

"거절하겠어. 왜 내가 친구인 멜리사와 대화하는 걸 너에게 금지당해야 하지? 너야말로 멜리사에게 다가가지 마."

"……뭐라고?"

말하고 말았다. 그것을 본 캐롤은 저절로 하늘을 올려다 보았다.

"아차……."

리가 아키토를 위협적인 눈으로 노려보았다.

그러나 아키토는 동요하지 않고, 더는 물러서는 일도 없이 마주 노려보았다.

캐롤과 멜리사, 그리고 멀리서 마스라오가 바라보는 가운데 팽팽하게 긴장된 시간이 흘렀다.

이윽고 리가 아키토의 뒤에서 자신을 노려보고 있는 멜리사를 힐끗 쳐다보더니, 무시하는 얼굴로 입을 열었다.

"좋아. 너도 일단 투사 나부랭이니까. 죽여도 좋겠지만, 더 손쉬운 방법이 있지. ……나와 300만을 걸고 시합해라. 그리고 지면 두 번 다시 그 여자에게 다가가지 마."

"뭐라고?"

그 제안에 아키토가 놀란 얼굴을 했다. 그때 멜리사가 당황하여 끼어들었다.

"무슨 바보 같은 짓을……! 안 돼, 아키토! 말했잖아, 저녀석은 여기 콜로세움에서도 최고 수준의 투사야! 당신이 이길 수 있는 상대가 아니야!"

멜리사의 말에 리가 히죽 웃었다.

"그 말이 맞아. 도망쳐도 되지만, 그때도 역시 이 여자에게 더는 접근하지 마라. 시합을 받아들이지 않고, 그러고도 이 여자와 만난다면 내가 반드시 널 처리하겠다. 대답은 잘 생각하고 해."

웬만큼 자신이 있기 때문인가 그의 표정에 여유가 있었다. 그러나.

"……좋아. 그 시합, 받아들이겠어."

"아아아아악! 받아들였어, 이 사람!"

아키토의 대답에 캐롤이 절규했다. 리는 그저 웃었다.

"바보 같은 놈. 승산이 있다고 생각하나? 아무튼 시합 규칙 말인데…… 그래, 엑스퍼트면 되겠지. 그쪽이 실력 차이가 더 확실히 드러날 테니까."

"엑스퍼트 규칙이라니……."

멜리사가 놀란 소리로 말했다.

엑스퍼트 규칙이란 가장 CVC에 가깝다고 일컬어지는 규칙으로, 서로 다섯 장의 카드를 등록하여 카드를 교체하며 싸우는 규칙이다.

아키토는 아직 이 규칙으로는 시합 경험이 없다.

아마 리는 그 사실을 알고 있기에 이 규칙을 제안했을 것이다.

"아무리 그래도 너무 멋대로 정했잖아……! 당신은 엑스퍼트 규칙으로 시합 경험도 많으면서! 카드도……."

"알고 있어. 나도 애송이를 상대로 내 최고의 패를 쓰진 않아…… 이봐, 너. 네가 가진 카드 중 가장 강한 녀석의 스테이터스가 얼마지?"

"……AP가 5800, DP가 3000이야."

리의 질문에 아키토가 솔직하게 대답했다. 숨겨도 소용없는 일이다.

"흥, 그래, 그나마 스피드 스타를 사용했었지. 좋아, 그럼 스테이터스 합계가 9000까지인 카드로만 상대해 주마. 그거라면 불만 없겠지."

"……알겠어, 받아들일게. 시합 날짜는?"

"준비할 시간을 일주일 주마. 준비 부족을 이유로 내세우는 꼴은 보기 싫으니까. 판돈은 아까 말했듯이 300만이다. 파괴 가능, LP 8000의 엑스퍼트 규칙. 시간제한은 30분, 항복하거나 카드가 모두 파괴되거나 혹은 LP가 0이 된 쪽이 패배. 진 쪽은 다시는 저 여자에게 다가가지 않을 것. 그럼 됐지?"

리의 말에 아키토는 조금 생각에 잠긴 뒤, 고개를 들고 명확하게 말했다.

"좋아. 그걸로 승부다."

"도망치지 마…… 난 너를 지켜볼 거다. 타카츠키."


"……바보! 왜 받아들인 거야…… 바보 아키토!"

리가 그 자리를 떠나자마자 멜리사가 아키토를 노려보았다.

"그 녀석은 당신이 이길 수 있는 상대가 아니야! 그 녀석은 현재 콜로세움의 왕이라고도 불리는 녀석과도 조만간 시합을 한다는 말이 있을 정도라고! 여기 콜로세움에서도 정점에 있는 사람…… 당신이 이길 상대가…….”

“알고 있어, 이미 들었으니까. 그 녀석이 굉장히 강한 건 잘 알아. 그래서 받아들였어.”

“뭐…….”

그 말에 멜리사가 놀라자 아키토는 그 얼굴을 가만히 바라보았다.

“그보다 멜리사. 저 남자는 뭐가 목적이야? 전에는 너에게 마음이 있는 거라고 생각했는데 아무래도 그런 느낌이 아니던데. 괜찮다면 이유를 가르쳐 주지 않겠어?”

“그건…….”

아키토의 질문에 멜리사가 시선을 피하고 입을 어물거렸다.

“……별로 말하고 싶지 않아.”

“멜리사.”

“………….”

감추려고 하는 멜리사에게 아키토가 다시 이름을 부르자, 멜리사는 한숨을 쉬고 체념한 듯이 털어놓기 시작했다.

“그 녀석은…… 아마 우리 아버지가 보낸 사람이야. 우리 아버지는…… CVC에서 꽤 높은 위치에 있어. 그리고 아마 그 녀석은 나를 아버지에게 돌려보내도록 의뢰를 받은 것 같아.”

"……그렇구나. 멜리사가 카드에 꽤 익숙한 건 그 때문인가."

수수께끼가 풀렸다는 얼굴로 아키토가 말하자, 멜리사가 작게 고개를 끄덕였다.

"맞아, 나는 아버지의 수하가 되도록 어릴 때부터 영재 교육을 받았어……. 하지만 나는…… 아버지의 기대에 부응하지 못했지. 재능이, 없었거든."

"…………."

"그래서 나는 아버지 곁을 떠나 혼자 살아가기로 했어. 콜로세움 정도라면 충분히 이길 수 있으니까. 하지만…… 아버지는 그게 마음이 들지 않는 모양이야. 저런 녀석을 보내서 나를 고립시키고 돌아오도록 하고 있으니까."

거기까지 말하고 멜리사는 아키토를 바라보며 매우 진지한 얼굴로 말했다.

"그 녀석이 말한 건 진짜야. 아버지는 위험한 조직을 이끌고 있어. 혹시 당신을 찾아내서 정말 처리할지도 몰라. 이기든 지든, 당신은 손해밖에 안 볼 거야. 그러니 이런 승부는 그만둬, 아키토! 우리는 이미 타인이야, 그러니까……."

"네가 어떻게 생각하든 나는 너를 타인이라고 생각하지 않아, 멜리사."

"……아키토……."

그런 멜리사의 어깨에 손을 얹고, 아키토는 그녀의 눈을 똑바로 쳐다보며 말했다.

촉촉하게 젖은 멜리사의 눈. 아키토는 단어 하나하나를 명확하게 강조해서 말했다.

"그 녀석은 굉장히 위험해. 그런 녀석을 네 주위에 어슬렁거리게 둘 수는 없어. 게다가…… 자신의 인생을 어떻게 살지는 너의 자유야. 아버지가 결정할 일이 아니라."

"…………."

"……그리고 나는 너와 더 많이 이야기하고 싶으니까. 그런 녀석에게 금지당할 수야 없지. 뭐, 네가 싫지 않으면 말이지만."

그 말에 무언가를 떠올린 듯이 아키토의 손을 뿌리치고, 멜리사가 당황한 듯 시선을 돌렸다.

"……싫어! 이기든 지든 다시는 말 걸지 마!"

"아차. 쓸데없는 소리를 했네."

아키토가 뒤통수를 어색하게 긁적이며 말했다.

그대로 콜로세움의 통로를 걸어가며 뒤에 있는 멜리사에게 전했다.

"아무튼 난 이길 거야. 그러니까…… 지켜봐 줘, 멜리사."

2

"……그런 일이 있어서 말이야. 그런 시합을 하게 되었습니다…… 자, 질문 있는 사람!"

리와의 시합 약속으로부터 몇 시간 뒤, 아키토의 프라이베이트 에어리어.

거기서 아키토와 그의 카드 다섯 장 앞에서 캐롤이 자포자기한 목소리로 말하자, 곧바로 요시히코가 손을 높이 들었다.

"저요!"

"좋아, 그럼 요시히코! 말해봐!"

"그런 무서운 시합은 하고 싶지 않으므로 저는 빠져도 되겠습니까?"

"될 리가 있겠냐! 필요한 카드는 다섯 장, 마스터의 카드도 다섯 장! 전원 빠짐없이 참가해야 해! 당연한 거 아냐!"

얼빠진 소리를 하는 요시히코에게 캐롤이 벌컥 화를 냈다.

"그럴 수가! 상대는 미체트 형님을 기준으로 한 카드를 갖춰서 나올 거잖아요?! 그럼 저 같은 건 전혀 소용이 없는 것 아닙니까! 걸림돌만 될 테니 지금부터 새로운 카드라도 준비하라고요!"

"그건 힘들어, 요시히코 군. 일주일밖에 없거든. 그것밖에 안 되는 기간에 새로운 동료를 맞이하고, 모두와 연계를 하도록 하는 건 불가능해."

그때 아키토가 끼어들었다. 그렇지 않아도 엑스퍼트 규칙에 맞는 움직임을 연습해야 하는 상황이므로 그럴 시간은 전혀 없다.

"호, 혹시 지면…… 마스터는 그 멜리사 씨라는 사람과 더는 대화를 할 수가 없는 거네요……. 소, 소중, 한…… 친구, 맞죠?"

"……응. 매우 소중한 친구야. 그러니까 절대 질 수 없어."

조심스럽게 안젤리카가 묻자, 아키토가 명확한 어조로 대답했다.

하지만 그에 비해 안젤리카가 위축된 모습을 보이자, 서둘러 뒷말을 덧붙였다.

"응, 하지만 모두를 희생하면서까지 승리를 노리는 건 아니니까 안심해 줘. 누군가가 위험해지면 평소대로 항복할거야. 모두 안심해……."

"그렇게 쉬운 일이 아니지 않나? 아키토."

그때 벽에 기대어 이야기를 듣고 있던 미체트가 끼어들었다.

모두 조금 놀란 시선으로 바라보자, 미체트가 진지한 얼굴로 말을 이었다.

"상대는 대단한 강호라며. 게다가 현실에서 사람을 해칠법한 위험한 녀석이야. 그리고 당신은 그 녀석을 그 소중한 친구 곁에 두고 싶지 않고. ……그런데 자신의 카드는 잃고 싶지 않다고? 이봐, 무슨 농담이야? 허세에도 정도가 있지."

"……미체트, 하지만……."

"이건 우리를 희생하더라도 이겨야 하는 것 아닌가. 내 말이 틀려?"

미체트가 아키토를 똑바로 쳐다보았다.

아키토는 그 시선을 마주 보았으나, 곧 살며시 피하고 말았다.

"……그럴지도 몰라. 하지만 나에게는 너희도 소중한 존재야."

"흥…… 모순이군. 소중한 것을 지키기 위해 다른 소중한 것을 싸우게 하다니. 그러면서 잃고 싶지도 않고. 위로는 가고 싶지만 희생은 내고 싶지 않다. 당신은 모순투성이군, 아키토."

"잠깐만, 미체트! 너 그런 말투……."

거기서 캐롤이 끼어들었지만, 미체트는 한 손을 들어 제지하고는 말을 이었다.

"뭐, 됐어. 우리는 결국 당신의 카드니 어떻게 쓸지도 당신이 정해. 누구도 부서지지 않고 이기고 싶다면 최선을 다할 수밖에."

"……너희에게는 무모한 이야기를 해서 미안해. 하지만 여러 가지 의미로 피하고 지나갈 수 없는 싸움이야. 그러니까……."

"무모한 게 아니에요! 저희는 마스터가 원하는 것을 이루어 주기 위해 있다고요. 요시히코는 무시해도 돼요, 마스터."

"여전히 저에게 엄격하네요, 팜……."

팜이 격려하듯이 말하자, 요시히코는 그런 팜에게 풀이 죽은 시선을 보냈다. 그리고 카드들이 그 이상 아무 말도 하지 않는 것을 보고, 캐롤이 손을 짝짝 마주치며 자리를 마무리했다.

"자, 그렇게 되었으니까! 일주일간 엑스퍼트 규칙을 확실히 익히고, 연계도 연습할 거야! 상대는 강호. 아무리 연습해도 모자라. 너희의 분발에 기대할게!"

"좋아, 그럼 어서 연습을……."

"아, 잠깐만요, 마스터, 슬슬 점심 시간이에요. 일단 사무실로 돌아가서 밥부터 먹죠."

캐롤이 의욕적으로 일어나 연습을 시작하려고 한 아키토의 목덜미를 덥석 잡아 제지했다. 아키토는 그 말에 내키지 않는 얼굴로 반론했다.

"배는 별로 고프지 않아. 연습한 뒤에 먹어도 되잖아?"

"안─됩─니─다! 식사는 모든 힘의 원천이니 규칙적으로 먹어야죠! 막상 시합날이 되어 힘이 나오지 않거나, 몸이 안 좋기라도 하면 다 망치는 거잖아요! 마스터의 몸이 안 좋아지면 비서 카드로서 저의 체면이 손상된다고요! 반드시 식사는 하셔야 해요. 어서!"

"알겠어, 알겠어. 그렇게 당기지 마, 캐로……."

팔을 쭉쭉 잡아당기는 캐롤에게 아키토가 어쩔 수 없이

따랐다.

그 모습에 고개를 크게 끄덕이고, 캐롤은 로미오 쪽을 향하여 말했다.

"너희는 그대로 대기하며 대책 같은 거라도 의논하고 있어. 여러모로 하고 싶은 말도 있을 테니까. 30분쯤 지나면 돌아올게, 알겠지."

"밥 같은 건 3분이면……."

"안─됩─니─다! 꼭꼭 씹고, 천천히 시간을 들여 먹고, 잠깐 휴식도 취해야 해요! 자, 가요!"

캐롤에게 밀려 아키토의 모습이 프라이베이트 에어리어에서 사라졌다.

그 모습을 지켜본 뒤, 요시히코가 누구에게 말할 것도 없이 중얼거렸다.

"……무슨 일일까요……. 갑자기 저런 강호와 싸우다니. 너무 성급한 이야기인데요……."

"그건…… 마스터의 소중한 친구를 위해서……."

"그건 그렇지만, 그렇다면 다른 방법도 있지 않을까요? 딱히 더 강한 상대가 말하는 대로 넙죽 따르는 시합 같은 건 하지 않아도 될 텐데요."

"그건…… 뭐, 그렇지만……."

말문이 막힌 안젤리카에게 요시히코가 다시 말을 이었다.

"게다가 CVC를 목표로 한다고 해도, 아직 우리를 손에 넣

198 아키토가 카드를 뽑으려고 합니다 3

은 지 두 달도 되지 않았잖아요. 좀 더 차근차근할 거라고 생각했습니다. 어째서 이런…….”

“그 녀석은 그 녀석 나름대로 초조하겠지. 여러모로.”

“엥? 무슨 소립니까, 형님.”

미체트의 말에 요시히코가 물었다. 그러나 미체트는 그 말에 대답하지 않고, 무리에서 조금 떨어진 위치에서 평소처럼 무뚝뚝한 얼굴로 팔짱을 끼고 있는 로미오에게 말을 걸었다.

“넌 어떻게 생각해? 가장 선배인 네 의견을 듣고 싶은데.”

“의견이랄 것도 없어. 나는 아키토의 나이트다.”

모두가 지켜보는 가운데 로미오가 단호한 어조로 대답하고, 한 번 호흡을 가다듬고 말을 이었다.

“나는 그 녀석을 지킬 거다. 그러나 ‘지킨다’는 것은 그저 몸을 지키는 것만이 아니야. 그 녀석의 사상, 그 녀석의 바람, 그리고 손에 넣고 싶은 것. 그것들을 차지할 수 있도록 온 힘을 다해 움직이는 것, 그것이 지킨다는 것이다. 따라서…….”

그리고 로미오는 똑바로 정면을 바라보며 말했다.

“나는 이번에도 그 녀석을 ‘지킨다’. 그것뿐이야.”

거기서 말을 끊고, 해야 할 말은 다 했다는 듯 로미오가 침묵했다.

일동은 잠시 그의 얼굴을 가만히 쳐다보았으나, 이윽고

안젤리카가 웃으며 다른 사람들을 보며 말했다.

"저도…… 저도 마스터를 이기게 하고 싶어요……! 그야 모처럼 친구가 되었는데 더는 말할 수 없다니 너무 심한 일이고, 게다가…… 상대분도 불쌍해요……. 저는 힘이 되어줄 수 있다면 그렇게 하고 싶어요."

"팜도! 팜도 같은 생각을 했어요, 언니!"

"꺅. 저, 저기, 팜……."

팜이 환하게 웃으며 안젤리카의 품으로 뛰어들어 볼을 비볐다. 그런 팜을 안아주며 안젤리카는 당황한 듯한 소리를 냈으나 그 표정에 싫어하는 기색은 없었다.

그런 둘을 보며 요시히코가 한숨을 쉬었다.

"후우……. 이번만은 열심히 하지 않으면 안 될 것 같네요……. 아아, 이럴 때만은 약한 제가 원망스러워요. 강하면 나에게 맡겨둬! 라고 말할 수 있을 텐데."

"홋. 너는 약하지 않아, 요시히코. 내가 보장하마."

약한 소리를 내뱉은 요시히코를 미체트가 위로하고는 모두의 얼굴을 둘러보며 말했다.

"아무래도 모두의 마음은 같은 모양이군. 좋아, 좋은 카드란 주군의 응석까지 이루어 주는 법이야. ……우리 모두, 한 사람도 쓰러지지 말고 이기자. 알겠지, 너희들."

"좋아."

"앗, 네……."

"열심히 하겠습니다!"

"저 나름대로 해보도록 하죠."

미체트의 말에 각자 자신만의 방식으로 대답했다.

그들 모두 웃고 있었다.

개성도 제각각, 능력도 제각각인 다섯 카드. 그러나 그 다섯은 이 순간, 확실히 팀으로서 하나가 되었다.


## 3


"네, 많이 드세요, 마스터! 샐러드도 남기지 마시고요! 특제 드링크도 있어요. 다 먹을 때까지 연습은 시작할 수 없으니까요!"

"……이렇게 많이 못 먹는데…….."

아키토의 사무실, 테이블 위에 놓인 대량의 식사. 밥에 고기, 국에 절임 반찬, 나아가 산처럼 쌓인 샐러드. 그 밖에도 작은 그릇들이 줄줄이 놓여 있어서 도저히 일 인분으로는 보이지 않았다.

"안 돼요, 매일 그렇게 연습하고 있으니 든든하게 먹어야죠! 그리고 사실은 별로 좋지 않지만, 이것을 보면서 드셔 주세요!"

말하면서 캐롤이 자신의 홀더를 탁 펼쳐 테이블 위에 놓았다.

거기에는 영상이 나오고 있었는데 아무래도 리의 시합인 듯했다.

"⋯⋯그 녀석의 시합인가. 벌써 기록을 준비해 줬구나."

"네, 정해지자마자요. 그 녀석의 최근 시합을 전부 준비했습니다. 상대의 움직임과 버릇을 파악해 두는 것도 중요해요. 연습할 때 외에는 시합 기록을 보고 대책을 세워 주세요."

캐롤이 대수롭지 않게 말했다. 아키토는 돈이 얽히지 않으면 역시 유능하다고 생각하면서, 밥을 먹으며 중얼거렸다.

"⋯⋯역시 강하네, 리 옌푸. 마치 예리한 칼날 같은 조작 기술이야. 카드끼리 연계를 시키는 기술도 수준이 높아. 덤으로 성격이 진짜 나쁘네."

그 시합, 리는 탁월한 조작 기술로 대전 상대를 쉽게 해치우고 있었다.

이미 결말이 보이는 시합이지만, 리는 일부러 상대의 카드를 끝장내지 않고 모든 카드를 부서지기 직전까지 몰아붙였다.

그리고 드디어 상대가 결심하고 항복하려고 한 순간. 일제히 공격하여 상대의 카드를 모두 파괴하고 말았다.

일부러 상대에게 희망을 주어 상대에게 가장 큰 피해를 준 것이다. 상대 마스터는 손에서 카드가 모두 부서지는 것을 보며 울부짖었다. 그 모습을 리는 히죽히죽 웃으며 바라보고 있었다.

"네, 굉장히 음습하고, 상대를 완전히 무너뜨리지 않으면 만족하지 못하는 유형의 마스터예요. 솔직히 말해서 쓰레기죠. 다른 투사에게도 꽤 미움을 받고…… 아니, 마스터, 역시라니…… 혹시 리를 전부터 알고 있었어요?!"

"응, 그야 뭐. CVC에 올라가기 전에 대전하고 싶은 상대로 전부터 지켜보던 후보 중 하나야. 설마 이런 형태로 싸우게 될 줄은 몰랐지만."

놀란 캐롤에게 아키토가 식사를 계속하며 대답했다. 그러다 곧 덧붙여서 말했다.

"착각하지 말았으면 좋겠는데, 그런 이유로 이번 시합을 받아들인 건 아니야. 멜리사의 곁에 그런 녀석을 놔두고 싶지 않은 건 사실이야. 상대가 누구라도 시합은 했겠지. 다만 그 상대가 그 후보 중 한 사람이었을 뿐이야."

"아니, 그건 알겠는데요…… 그럼 전부터 리가 벅찬 상대라는 건 알고 있었다는 거잖아요! 게다가 그 녀석은 죽인다느니 하면서 난리고……! 위험한 녀석인 걸 알고 있었다면 시합은 피하는 편이……."

"반대야, 캐로. CVC에 올라가면 아마 리 같은 녀석은 많을 거야. 정면으로 싸우는 것만이 아니라, 협박이나 공갈로 상대를 위축시키려는 녀석이 말이야. 나는 앞으로 그런 세계로 뛰어들게 될 거야. 그럼 그런 일을 두려워해서는 아무

것도 할 수 없잖아."

그릇을 놓고 아키토가 캐롤의 얼굴을 보며 말을 이었다.

"게다가 CVC에는 더욱 강한 상대와 싸울 일이 많아질 거야. 피할 수 없는 싸움도 생기겠지. 여러 가지 의미에서 리는 내가 CVC에서 할 수 있을지 시험하기에 딱 좋은 상대라고 생각해."

"……그렇군요. 일단 논리적이네요. '정말 이길 수 있을까' 하는 점을 제외하면 말이죠!"

아키토의 말에 캐롤이 화를 꾹 참는 얼굴로 대답했다.

또 CVC 이야기인가.

솔직히 캐롤로서는 아직 아키토가 콜로세움에 있기를 바랐다. 아직 배워야 할 것이 있을 테고, 성급하게 도전하기에는 CVC는 너무 위험하기 때문이다.

그러나 아키토는 무턱대고 일찍 올라가기를 바라고 있다. 모처럼 재미있는 녀석들을 손에 넣었으니 더욱 즐기면 될텐데. 그런 생각에 가슴이 답답했다.

……즐거워 보이잖아요. 지금.

그럼 왜 지금 상태를 만족하지 못하는 거죠……?

"……대체 왜 그렇게 성급하게 구는 거죠. 저는 이해가 안돼요."

"…………."

혼잣말처럼 한 말에 아키토는 침묵을 지켰다. 그러나 살며시 홀더 영상에서 눈을 떼고, 자신을 위해 차를 준비하고 있는 캐롤의 옆모습을 바라보았다.

어리게 보이지만 오밀조밀 예쁜 얼굴. 얼마 있으면 만난 지 반년이 되는, 돈을 사랑하는 나의 파트너.

그렇다. 이제 곧 반년이 된다.

비서 카드의 기한은 고작 일 년. 자신은 이미 그 절반을 소모해 가고 있다.

이제 캐롤과 함께 있을 시간은 반년하고 조금밖에 남지 않았다.

'······반년, 인가.'

문득 가슴이 아파 살짝 눌렀다.

그녀가 곁에 없었던 시간이 마치 먼 옛날과 같다.

그녀와 함께 있으면 즐겁다.

자신은 파트너로서 그녀에게 무척 호감을 갖고 있다.

그러나 그것도 곧 끝나고 만다.

그러니까.

'······그녀가 나에게서 사라져 버리기 전에 어떻게 해서든 CVC로 올라가고 싶어. 돈을 사랑하는 그녀에게 CVC에서 많이 버는 모습을 보여주고 싶어. 그리고······.'

──그리고 언젠가 헤어지는 날이 오면 웃으면서 **나는 이제 괜찮아. 네 덕분에 여기까지 왔어. 캐롤, 정말 고마워**라며 크게 감사하며 보내주고 싶다.

그것이, 그것이야말로 지금 아키토의 목표가 되어 있었다.

"응……? 뭐예요, 마스터."

그때 시선을 느낀 캐롤이 의아한 얼굴로 묻자, 아키토는 살짝 시선을 피하며 '아무것도 아니야'라고 대답했다.

아무튼 이 시합은 반드시 이겨야 한다. 멜리사를 위해서도, 자신을 위해서도.

상대는 강하다. 그러나 이쪽도 뒤처지지 않는다.

나의 자랑스러운 동료들. 그들과 함께라면 분명 이긴다.

아키토는 그렇게 믿었다.


4


《자, 그럼 여러분 기다리셨습니다! 엑스퍼트 규칙의 특별 시합, 리 옌푸 선수 대 타카츠키 아키토 선수의 시합이 곧 시작됩니다! 중계는 저, 냣키가 전해드립니다!》

"우오오오오오오오!"

고양이와 인간의 혼혈과 같은 모습을 한 중계자의 목소리가 콜로세움에 울려 퍼지자 관객들이 환호했다.

그 시선 끝에는 이미 시합장에서 마주 보고 있는 리 옌푸와 아키토의 모습이 있었다.

"도망치지 않고 왔구나, 바보 같은 놈. 망신만 당하게 될 거다."

"친구를 버리고 도망치는 게 더 망신이지. 그것을 상대가 바라지 않더라도."

리가 무시하며 말하자, 아키토는 침착한 목소리로 대답했다.

아키토와 리의 시합은 특별 시합의 형식으로 지정되었다. 서로 거는 금액이 크고, 또한 서로의 카드를 공개하지 않았기 때문이다.

판돈을 걸기에는 불확실한 요소가 많았지만, 그래도 돈을 거는 관객이 많았다. 그 대부분은 강자인 리에게 걸었지만.

관객석에는 아키토와 아는 사이인 투사들도 와서 다 같이 응원했다.

"이봐, 타카츠키, 건방진 리 자식 따위에게 지지 마! 너에게 이기는 건 나다!"

"모르는 사이도 아니니 너에게 1만 걸었다고. 내 돈 지켜 줘야 해!"

"타카츠키, 내 카드의 원수를 갚아 줘! 리를 날려 버려어 어어어!"

그 투사들 집단으로부터 조금 거리를 두고, 멜리사도 관객석에 앉아 있었다.

무언가를 말하지도 않고 가만히 시합장에 있는 아키토를 응시하고 있다.

"……뭔가 말하지 않아도 괜찮은가?"

그 옆에 앉은 마스라오가 조심스럽게 말했지만, 멜리사는 시합장을 응시한 채 대답했다.

"나와는…… 상관없는 일이야. 아키토가 이기든 지든."

《자, 그럼 다시 한번 시합의 규칙을 설명하겠습니다! 서로 등록한 다섯 장, 능력치 합계 9000이하를 사용하여 싸우도록 합니다! LP는 서로 8000, 아마 파괴하려면 두 번 이상의 직접 공격이 필요하겠지요!》

《또한 서로 상대의 다섯 장이 무엇인지 파악하지 못하였습니다! 상황을 보고, 상대의 카드에 맞춘 대응이 필요하겠지요. 또한 사람이 한 번에 조작할 수 있는 상한이라 일컬어지는 것은 세 장, 아마 다섯 장을 동시에 내는 것은 불가능합니다! 따라서 다섯 장을 어떻게 교체하며 싸울 것인가가 중요하겠죠, 그 부분도 기대하여 주십시오! 그럼 양 선수, 콜 준비는 OK?!》

"문제없어."

"이쪽도."

중계자의 물음에 아키토와 리가 대답하고, 각자 손에 카드를 쥐었다.

모두 세 장. 한 번에 조종할 수 있는 한계라 여겨지는 숫자다.

그리고 두 사람은 거의 동시에 그것을 해방했다.

""콜!""

해방하는 주문, 콜. 그 선언에 맞춰 서로의 카드 세 장이 빛나며 그 속에서 카드 전사가 나타났다.

아키토의 첫 편성은 디펜더 로미오, 어태커에 스피드 스타, 그리고 다른 한 장은…… 요시히코였다.

"오, 스피드 스타를 처음부터 꺼냈어! 타카츠키 자식, 시작부터 공격할 생각인가!"

"저걸 봐, 다른 하나는 변태 카드냐! 큰 시합인데 좀 더 멀쩡한 카드를 준비해야지……!"

입을 모아 떠들어 대는 관객들. 그것을 보며 요시히코가 투덜거렸다.

"보기만 하는 사람들은 속 편해서 좋겠네요……! 이쪽은 긴장해서 심장이 쿵쾅거리는 통에 죽겠는데…….."

"흐음, 요시히코, 너도 긴장하는 건가. 의외인데."

"그야 그렇죠, 우리가 이런 중요한 시합의 첫 주자잖아요. 안 하려고 해도 긴장하는 법이죠! 마스터에게 중요한 시합이고……!"

그 말에 미체트가 슬쩍 웃었다.

"너, 처음 만났을 때와 인상이 달라졌는데. 좀 더 제멋대로인 녀석이라고 생각했는데, 지금은 느낌이 좋아. 그건 그렇고…… 봐라."

미체트가 턱짓으로 가리켰다.

그를 따라 요시히코가 시선을 옮기자 상대 카드 세 장이 당당하게 서 있었다.

그중 한 장, 정면에 선 여성 카드가 입을 열었다.

"우와, 상대의 스테이터스, 전체적으로 낮지 않아? 아니, 지금부터 정말 우리와 싸운다고? 괴롭히는 거 아냐?"

갈색 피부에 커다란 쥐의 귀처럼 둘로 땋아 내린 머리.

비키니 수영복 같은 상의, 그리고 넓게 펼쳐졌지만 반이 트여 허벅지를 드러내는 바지. 용맹한 얼굴에 몸도 건강 그 자체인 느낌으로, 글래머러스한 몸매의 중앙에서 커다란 가슴이 자기주장을 펼치고 있다.

사막의 민족이 주로 입을 법한 의상을 걸친 카드, 그리고 그 옆에는 서핑보드 같은 판을 들고 있었다.

그 옆에는 [데저트 라이더 아즈하르]라는 카드 이름이 표시되어 있다.


[데저트 라이더 아즈하르]

AP: 4800 DP: 3600


"흥, 애초에 사용자의 실력이 달라. 성능은 별로 문제가 되지 않아. 시작하면 몇 분 만에 상대가 항복하고 끝나겠지."

이어서 그 옆, 닌자옷을 입은 고령의 카드가 입을 열었다.

흰 수염에 주름이 눈에 띄는 얼굴, 그러나 그의 왼손은 기계로 뒤바뀌어, 그 끝은 놀랍게도 머신건으로 만들어져 있었다.

[개조닌자 노원(老猿)]. 그 이름대로 닌자 카드이다.

**[개조닌자 노원]**

AP: 5900 DP: 2700

그의 AP는 미체트를 넘는 수치였다.

이어서 나머지 한 장.

위아래 모두 화려한 꽃이 자수된 긴 소매의 옷에 헐렁한 바지. 뚜렷한 이목구비의, 인형같이 귀여운 얼굴에 날씬한 몸매. 양손에 복잡한 문자가 쓰인 부적을 든, 만두 머리의 소녀가 하품하며 말했다.

"귀찮아. 너희들, 얼른 쓰러뜨리고 와. 난 뒤에서 멍 때리고 있을 테니까."

묘한 억양으로 말한다. 마지막 한 장, [선희 타오메이]이다.

**[선희 타오메이]**

AP: 5200 DP: 3600

모두 미체트에 가까운 성능이다.

그것을 확인하고, 요시히코가 침을 꿀꺽 삼켰다.

"이거…… 큰일이네요, 어떻게 해야 할지……!"

"긴장하지 마, 요시히코. 승부는 스테이터스 수치로는 정해지지 않는 법이고, 아무래도 상대는 긴장하지 않는 것 같아. 그리고 넌 그동안 더욱 강한 상대를 쓰러뜨려 왔잖아, 자신감을 가져……."

"아니요, 그게 아니라…… 아즈하르도 타오메이도 정말 예뻐요……! 어떡하죠, 누구를 노리면 좋을까요?! 으음, 활기찬 아즈하르도 좋지만, 부잣집 아가씨 같은 타오메이도 좋아서 순위를 매길 수가 없어요! 아앗, 갑자기 시합이 기대되네요!"

"……요시히코, 너란 녀석은……."

하아하아 거칠게 숨을 내쉬며 말하는 요시히코를 보며 미체트가 어처구니가 없다는 얼굴로 말했다.

아까까지 그렇게 긴장했으면서 이런 모습이다. 아니, 이 녀석은 내가 생각했던 것보다 훨씬 거물일지도 모른다는 생각이 든다.

그렇게 서로 카드가 모이자 리가 다시 우습게 보는 듯한 표정으로 말했다.

"설마 했는데 네가 항상 쓰는 카드들뿐인가. 나머지 두 장도 늘 쓰던 그거고? 새로운 카드를 일주일 안에 익힐 자신이 없었나, 아니면 돈이 아까웠나. 어느 쪽이든 특징이 알려진 카드로 하려고 하다니 네놈은 날 무시하는 거냐."

"무시하는 건 아니야. 이것이 이기기 위한 최선의 방법이라고 생각했을 뿐이야.”

리의 말에 아키토가 똑바로 마주 보며 대답했다. 리의 카드는 모두 처음 꺼낸 카드였다. 정보가 없다.

『마스터! 바로 상대 카드의 능력을 조사하겠습니다, 잠시 기다려 주세요!』

그때 캐롤이 통신을 보냈다.

『응, 부탁해, 캐로. 기대하고 있을게.』

캐롤은 아키토를 보조하기 위해 관객석에 자리를 잡고 있었다. 상대 카드의 능력을 조사하면 바로 연락하고, 대응할 수 있는 카드를 사서 보내주기로 했다.

“너, 알고 있을 거라 생각하지만, 지면 두 번 다시 그 여자에게 접근하지 마라. 일부러 이 내가 너 따위와 시합을 해주고 있으니, 끝난 뒤에도 귀찮게 하면 용서하지 않겠어.”

리가 통신을 보냈다. 이미 이긴 듯이 행세하는 상대에게 아키토가 물었다.

“한 가지 묻고 싶어. 왜 그렇게 멜리사에게 집착하지? 멜리사의 아버지에게 그만큼 환심을 사고 싶나?”

“흥, 뭐야. 사정은 알고 있었나. 뭐, 그런 거다. CVC에서 이기고 올라가기 위해 중요한 건 실력이 아니라, 의지가 되는 조직의 산하에 들어가는 거다. 그 여자의 아버지는 커다란 조직을 갖고 있어. 그 여자를 데리고 돌아가면 나도 거기서 크게 인정받을 수 있겠지.”

리가 히죽거리며 말을 이었다.

"만약 기회가 온다면 그 여자를 아내로 삼아도 괜찮겠지. 정략결혼이라는 것이 되겠지만, 그 녀석의 몸은 나쁘지 않을 것 같거든. 이 내가⋯⋯."

"이제 됐으니 닥쳐. 물어본 내가 바보였어."

리의 말을 아키토가 차단했다. 그리고 리의 얼굴을 노려보며 말을 이었다.

"역시 넌 멜리사의 곁에 있어도 되는 인간이 아니야. 하찮은 출세욕은 어디 다른 곳에서나 뽐내."

"⋯⋯애송이가. 큰소리친 것을 후회하게 해주마."

두 사람 사이에 보이지 않는 불꽃이 튀었다.

그렇게 서로 더는 말이 필요 없다며 싸울 준비를 마친 순간, 중계자가 외쳤다.

《그럼⋯⋯ 시합, 시작!》

시작 벨이 울린 순간, 미체트와 요시히코가 달려갔다. 리의 편성은 디펜스가 그리 단단하지 않다. 먼저 공격하면 승산이 있다고 판단했기 때문이다.

그러나 반대로 상대방의 카드 셋은 태연히 서 있을 뿐 움직이려고 하지 않았다.

'⋯⋯뭐지? 설마 세 장으로 지킬 셈인가⋯⋯?'

올 디펜더 전술. 그런 작전도 없는 것은 아니지만, 그리 유효하다고는 생각할 수 없다. 아키토가 의아하게 생각하

215

는 동안, 정보를 찾던 캐롤이 비명과 같은 소리를 질렀다.

『말도 안 돼, 이건⋯⋯! 큰일이에요, 마스터! 미체트를 교대시키세요. 상대의 목적은⋯⋯.』

캐롤이 경고했지만 조금 늦었다. 히죽 웃으며 리가 홀더에서 카드 하나를 꺼내 순식간에 그 힘을 해방했다.

"아즈하르, 메인 스킬⋯⋯ 〈영역 침식: 유사해(流砂海)〉!"

"이야아앗호오오오오!!"

스킬 개방과 함께 아즈하르가 뛰어올랐다.

동시에 시합장의 공간이 어지럽게 일그러지는 듯한 착각이 들었다. 곧이어.

지면에서 맹렬한 기세로 모래가 흘러나왔다.

"으아앗?! 뭐, 뭐야, 이거?!"

솟구치는 모래가 물처럼 흐르며 시합장에 퍼졌고, 이윽고 보이지 않는 장벽으로 구분된 시합장 지면을 메웠다.

순식간에 그곳은 끊임없이 흐르는 모래의 바다, 유사해가 되고 말았다.

《오오오! 시작되자마자 리 선수가 카드에게 영역 침식 스킬을 쓰게 했습니다! 영역 침식의 효과는 주위 환경을 자신에게 유리한 것으로 바꾸는 것입니다! 이것은 주위를 모래로 뒤덮어 행동을 막는 것인가!》

중계자가 설명하는 동안에도 서핑보드와 같은 판에 타고 모래의 바다에 착지한 아즈하르가 그 위를 맹렬한 기세로

미끄러져 이동했다.

"아하하, 좋은 파도야! 최고의 라이딩을 할 수 있겠어!"

그대로 보드를 능숙하게 조종하며, 모래 바다 위를 고속으로 이동했다. 흐르는 모래는 그녀의 앞마당이나 마찬가지다.

그러나 미체트 쪽에서는 무릎까지 뒤덮은 모래는 지옥과 같은 환경이었다.

"아, 아니, 뭡니까, 이 능력……?! 치, 치사해……! 이래도 되는 겁니까?!"

모래에 빠지지 않도록 버티며 요시히코가 칭얼거렸다.

그것은 미체트도 마찬가지라 모래에 발이 빠져 생각처럼 달릴 수가 없었다.

"곤란하군, 이건…… 우리의 기동력을 죽이기 위한 모래인가!"

어떻게든 모래로부터 발을 빼내려고 악전고투하며 미체트가 외쳤다. 각력이 자랑인 미체트로서는 최악의 환경이라고 해도 좋다.

그리고 그때, 어디선가 목소리가 울렸다.

"이제 와서 깨달아도 늦었다, 멍청이들."

"큭……!"

바로 적인 노원의 목소리였다.

그 목소리가 너무 가까이서 들렸기 때문에 미체트는 서둘러 방어 자세를 취했다.

순간 그 강철 팔을 노원이 든 검이 때렸다. 요란하게 불꽃이 튀며 금속이 서로 맞부딪히는 거북한 소리가 울렸고, 어느새 미체트의 바로 옆에 와 있던 노원이 검에 더욱 힘을 주며 말했다.

"호오, 일격은 막았는가. 뭐, 그 정도는 해줘야지."

"큭……! 이 자식, 어느새……?!"

상대의 검을 간신히 막으며 미체트가 놀란 소리를 냈다.

이 모래 바다를 어떻게 건너왔을까. 그것을 생각할 틈도 없이 상대의 검을 쳐내자, 노원이 폴짝 뛰어 놀랍게도 흐르는 모래 위에 사뿐 착지하였다.

"그렇군……! 모래 위에서도 달릴 수 있는 능력을 지닌 것인가!"

"바로 맞췄어. 인술·모래 건너기. 네놈들이 얼빠진 얼굴로 당황한 동안 마음껏 이동한 거다!"

그러면서 노원이 왼손의 의수에 장치된 서브 머신 건을 쏘았다.

격렬한 발사음과 함께 무수한 탄환이 쏟아져나왔다.

"이 정도……!"

모래로 움직임을 제한당했으면서도 미체트는 그 정밀하고 고속으로 움직이는 양팔로 탄환을 모두 튕겨냈다. 그러나 그동안에도 노원은 머리 위를 달려가 연속으로 공격을 가했다.

반면 아즈하르는 보드를 타고 모래 바다를 경쾌하게 이동하여 당황한 요시히코를 노렸다.

"자, 따끔한 거 간다!"

"앗, 잠깐, 난⋯⋯."

그리고 보드와 함께 점프하여 요시히코를 공격했다.

당황한 요시히코의 머리와 보드 바닥이 강하게 부딪혔다.

"으아악!"

요시히코가 비명을 지르며 크게 휘청거렸다.

아즈하르는 요시히코를 받침대로 삼아 높이 뛰고는 착지하여 빠르게 몸을 돌리더니, 어디선가 외날 곡도를 꺼내 질주하며 요시히코를 베었다.

"자, 받아라!"

"아앗, 크악! 아, 아파!"

요시히코는 필사적으로 몸을 꺾어 피하려고 했지만, 완전히 피하지 못하고 몸 여기저기를 얕게 베이며 비명을 질렀다.

또한 다른 쪽에서는 노원의 공격이 미체트를 덮쳤고, 모래 때문에 생각처럼 움직이지 못하는 미체트는 그것을 막는 것밖에 하지 못했다.

미체트와 요시히코, 함께 농락당하는 두 카드.

그 모습을 보며 아키토가 초조한 얼굴로 중얼거렸다.

"콤보덱인가⋯⋯! 모래 바다를 중심으로 거기서 행동할

수 있는 카드를 이용한⋯⋯!"

"어떠냐, 너 따위에겐 아깝겠지? 애송이, 이 정도 덱은 구경도 못 해봤겠지."

리가 비웃으면서 미체트를 턱짓으로 가리켰다.

"꼴사납군. 빠른 발 따위, 어떤 상황에서든 활용할 수 있는 게 아니야. 평소처럼 평탄한 지면이 거기 있을 거라고 생각한 게 네놈의 한계다. 자랑하던 카드가 그저 허수아비가 되어 부서지는 모습을 잘 봐라, 나약한 놈."

리의 조작에 따라 노원이 더욱 빠르게 모래 위를 달려 미체트에게 연속 공격을 가했다. 검, 총탄, 그리고 강렬한 발차기에 의한 거침없는 연속 공격이 연달아 미체트의 몸을 덮쳤다.

"쳇, 이거 제법 헤비한데⋯⋯!"

필사적으로 피하고 있지만, 점차 몸 여기저기에 상처가 나며 체력을 빼앗기기 시작했다.

'큰일이야⋯⋯! 이대로 가면 아무것도 못 하고 죽겠어⋯⋯!'

아키토는 마음이 다급해졌다. 미체트를 다른 동료와 교체해야 할까. 남은 것은 안젤리카와 팜이다. 안젤리카의 각력도 이 모래에서는 살릴 수 없을 테고, 팜으로는 노원의 공격을 완전히 막을 수 없다.

반격할 방법이 생각나지 않는다. 이러다 곧⋯⋯!

초조한 아키토. 그런데 그 순간 캐롤의 밝은 목소리가 들렸다.

『있다, 이거라면……! 마스터, 매직 카드를 전송할 테니 써주세요!』

그 말과 함께 아키토의 홀더에 카드라 보내졌다.

서둘러 카드를 확인한 아키토의 얼굴에 바로 희망의 빛이 켜졌다.

"이건…… 그렇구나! 고마워, 캐로, 사랑해!"

『으에?!』

"가자, 얘들아, 상황을 바꾸자!"

그렇게 말하며 아키토가 그 카드와 다른 한 장을 홀더에서 뽑았다.

그러나 그러는 동안에도 노원의 손에 든 검이 날카롭게 미체트를 노렸다.

"그 목을 내놔라!"

"큭!"

필살 공격. 미체트의 몸이 굳었다.

피할 수 없어……!

그러나 그의 칼날이 미체트의 목을 날려버리기 직전에 아키토가 외쳤다.

"캐치! 미체트!"

순간 미체트의 몸이 빛나며 사라졌고, 노원의 칼은 허공을 갈랐다.

"아니……!"

끝장을 냈다고 생각한 노원이 놀란 소리를 냈다.

사라진 미체트는 아키토가 손에 든 미체트 본체인 카드로 돌아갔다.

밖으로 꺼낸 카드는 캐치하여 손으로 되돌릴 수 있다. 다만, 그 거리는 겨우 5미터 정도이다.

지금은 가까이에 있었기에 캐치할 수 있었으나, 좀 더 떨어져 있었다면 불가능했을 것이다.

"흠, 스피드 스타를 되돌렸나. 비싼 카드가 아까워졌나? 뭐, 그렇다면……."

리가 읊조리듯이 말하고 노원을 조종했다. 노원은 모래 위를 가볍게 뛰어 디펜더인 로미오를 베려고 했다.

"샥!"

"흡!"

깡, 하고 금속이 부딪치는 소리가 울리며, 로미오의 방패가 그 일격을 막았다.

그러나 상대의 AP는 5900, 로미오의 DP보다 1900이나 높다. 너무 큰 충격에 로미오의 몸이 흔들리며 자세가 무너졌다.

"호오, 빈약한 DP로 막아냈나. 방어 기술만은 그리 나쁘지 않군. 그 여자가 가르쳤나. 하지만 그게 언제까지 갈까."

리가 여유롭게 웃으며 말하고는 다시 노원으로 공격하기

위해 자세를 취했다.

그때 이마에 땀이 밴 아키토가 카드를 들어 외쳤다.

"콜……! 부탁해, [해군 소녀 37호 팜]!"

"갑니다!"

개방 주문과 함께 카드가 빛나며 그곳에서 팜이 나타났다.

그 손에는 이미 총이 쥐어져 있었고, 두 발에는 물 위를 주행하기 위한 '플로터 기어'라 불리는 대형 기계가 장착되어 있었다.

"흥, 바보 같은 놈. 바다 적성인 카드로 무엇을…….."

그곳을 본 리가 웃음을 터뜨리려고 했지만, 아키토의 다음 행동에 말문이 막혔다.

아키토가 다른 카드를 꺼내 사용했기 때문이다.

"매직 카드…… 〈항해 적성 강화〉!"

높이 들린 카드가 그 힘을 해방하고, 팜의 다리에 장착된 플로터 기어가 빛을 내뿜었다.

그 순간 팜이 가볍게 뛰어올라 모래 바다 위에 착지하고 힘차게 뛰었다.

"뭐라고……!"

발이 파묻혔어야 할 터인 팜을 한 번에 처치하려던 노원이 놀라 외쳤다. 그 노원을 향해 팜이 기합을 넣으며 총탄을 쏘았다.

"야아아압!"

"으윽!"

노원은 정확하게 자신을 노리고 날아든 탄환을 검으로 쳐냈다.

그러나 그동안에도 팜은 가벼운 동작으로 모래 위를 달려가 다음 총격을 가했다.

그 모습을 본 리가 혀를 찼다.

"매직 카드로 모래 위에서도 달릴 수 있는 효과를 부여한 건가……! 약삭빠르기는!"

리의 말대로 아키토는 매직 카드로 카드를 강화하였다.

본래는 물 위에서밖에 달리지 못하는 팜. 그러나 이 매직 카드의 효과가 있다면 플로터 기어로 흐르는 것의 위라면 대체로 달리는 것이 가능해진다.

'할 수 있어……! 솔직히 처음 해보지만, 모래 위라도 제대로 달릴 수 있겠어……!'

익숙하지 않은 모래 위에서 팜이 넘어지지 않도록 간신히 조종하며 아키토는 씩 웃었다.

언젠가 쓸 기회가 있을지도 모른다며 플로터 기어의 조작도 연습해 둔 것이 다행이었다. 안정되지 않은 모래 바다 위를 달리기란 꽤 어려운 일이었으나, 팜이 스스로 자세를 유지해 주고 있다. 충분히 싸울 수 있다.

"쳇……. 봐주면서 하려고 했는데 쓸데없는 짓을 하다니. 됐어, 얼른 끝장내 주마. 이봐, 너희들. 없애 버려."

리가 질렸다는 듯 혼잣말을 하더니, 자신의 카드들에게 명령했다.

그러자 리의 앞에서 가만히 팔짱을 끼고 서 있던 타오메이가 팔을 풀고 나섰다.

"좋아. 나도 그저 모래에 잠겨 있고 싶지는 않아. 간다……!"

바로 공격 자세를 취하고 손에 든 부적을 일제히 던진다.

부적이 허공을 날며 모이더니, 타오메이의 뒤에 검은 무언가가 만들어졌다.

"초왕래래…… 육완대왕!"

그러자 그곳에서 여섯 개의 팔을 가진 근육덩어리가 나타났다.

울끈불끈한 대흉근에 코끼리처럼 굵은 목. 수도승 같은 옷을 입었고, 그의 얼굴은 하얀 베일로 덮여 가려져 있다.

타오메이의 뒤에 떠 있는 검은 구멍 같은 곳에서 상반신만 내민 거대한 몸의 전사. 타오메이가 조종하는 '초왕', 육완대왕이 그 위용을 드러냈다.

《어이쿠, 리 선수, 여기서 디펜더 타오메이에게 초왕을 부르게 했습니다! 타오메이는 수호령 같은 존재인 초왕을 불러내 싸우는 카드입니다!》

중계자가 해설하였다.

타오메이가 소속된 '신기팔선 초왕기'라는 시리즈는 초현실적인 힘을 지닌 선인들이 초왕이라 불리는 위인을 불러

선도의 정점을 목표로 싸우는 스토리를 갖고 있다.

그리고 타오메이가 조종하는 초왕이 바로 이 육완대왕이다.

"간다, 조기 · 육완비상!"

타오메이가 자세를 잡고 외치자, 갑자기 육완대왕의 여섯 개의 팔이 몸에서 불쑥 멀어졌다.

빠진 것은 아니다. 팔은 공중에서 우뚝 멈추더니 곧 강렬한 기세로 일제히 로미오를 향해 날아갔다.

『안 돼……. 로미오, 준비해! 그 녀석은 원거리 공격도 가능한 디펜더야!』

"이런!"

캐롤이 다급한 목소리로 통신을 보내자, 로미오 역시 당황했다.

서둘러 방어에 나선 로미오의 방패를 여섯 개의 팔이 힘껏 때렸다.

"크으으윽……!"

"로미오!"

충격을 완전히 막지 못하고 로미오의 몸이 모래 속에서 주르륵 밀렸다.

그러나 그러는 동안에도 타오메이가 조종하는 여섯 개의 팔이 각각 독립적으로 움직여 로미오를 공격했다. 육완대왕의 능력, 그것은 자신의 여섯 팔을 공중으로 날려 자유자재로 조종하는 것이다.

"엉망으로 만들어 줘! 풋내기 나이트 따위 오래 상대할 것 없어!"

"우오오옷……!"

여섯 개의 팔이 불규칙적으로 공격하자, 로미오가 함성을 지르며 그것들을 필사적으로 쳐냈다.

모래에 발을 잡혀 있는 데다 공격까지 받고 있다. 상대의 AP도 로미오의 DP보다 1000 이상 높다.

그리고 무엇보다 경이적인 것은 모래 위를 격하게 움직이는 아즈하르와 노원을 조종하며 추가로 여섯 개의 팔을 조작하는 리의 카드 조작 기술이다.

'보통은 어느 한 장쯤 쉬게 하고 두 장에 집중하는데…… 그런데 리는 당연하다는 듯 세 장을 모두 써서 연계를 취하고 있어……!'

아키토에게서 저절로 탄성이 나왔다.

상대가 강하다는 것은 잘 알고 있었지만, 실제로 대치하니 엄청나다.

이것이 콜로세움 최고 수준의 조작 기술……!

그리고 필사적으로 막는 아키토와는 대조적으로 태연한 얼굴로 리가 다음 공격에 나섰다.

"애송이는 한 곳을 치려다 금세 들통이 나지. 자…… 그 카드, 그냥 놔둬도 되겠나?"

그 말과 함께 아키토의 의식이 흐려졌던 요시히코를 향했다. 마침 아즈하르가 보드를 타고 높이 뛰어 돌격하는 참이었다.

"켁…… 마스터, 이쪽은 위험……."

요시히코가 비명과 같은 소리를 질렀으나, 그 소리를 없애듯이 아즈하르의 보드 바닥이 요시히코의 머리를 쳤다.

"받아라!"

"으아아악──!"

강한 일격을 맞는 바람에 바닥에 깔리고 만 요시히코가 비명을 지르며 모래 속에 매몰되었다.

"요시히코!"

"하나 끝!"

아키토가 얼른 그의 이름을 불렀지만, 요시히코의 몸은 모래에 삼켜진 채 올라오지 않았다.

그대로 모래 위를 폴짝 뛰어오른 아즈하르는 자세를 바로잡고 여유로운 미소를 짓고는 그대로 로미오를 향해 직진하기 시작했다.

"이제 질렸어. 슬슬 끝내 버려야지……!"

"크윽……!"

갑작스러운 공격을 로미오가 간신히 방패로 막았다.

피하면 아키토가 맞고 만다. 그러나 타오메이가 조종하는 여섯 개의 팔을 필사적으로 막던 지금의 로미오로서는 다른 카드까지 상대할 여유가 없었다.

그 순간 부유하던 팔 하나가 탄환처럼 돌격하여 로미오의 옆구리를 강하게 때렸다.

"커헉……!"

"로미오!"

로미오가 고통스럽게 신음하며 그 무거운 갑옷을 입은 몸이 떠올라 살짝 날아갔다.

디펜더가 무너졌다.

이어서 무방비 상태가 된 아키토의 몸을 다른 팔이 쳤다.

"으으으옷……!"

퍼억, 하는 강력한 소리가 나며 아키토의 입에서 비명이 새어 나왔다. 그 몸은 보호를 받고 있으므로 아픔 자체는 없다.

그러나 그 주먹의 박력과 이만큼 쉽게 직접 공격을 허용하고 말았다는 충격 때문에 비명을 질러버렸다.

타오메이의 AP 5200의 일격을 받는 바람에 아키토의 LP는 앞으로 2800밖에 남지 않았다.

《오오, 놀랍게도 여기서 다이렉트 어택을 맞습니다! 시합이 시작된 지 얼마 되지 않았는데 타카츠키 선수, 다이렉트를 허용하고 맙니다! 이거 실력의 차이는 확연한가요!!》

"우와아아아!"

중계자가 외치자 관객석도 흥분했다.

그 광경을 보며 두 손을 꽉 쥔 멜리사가 작게 중얼거렸다.

"아키토……!"

시합장에서는 쥐를 괴롭히는 고양이와 같은 미소를 지은 리가 의기양양하게 말했다.

"조금 실력을 발휘했더니 이 정도인가. 어차피 애송이는 애송이…… 성가시군, 이제 끝장을 내주마!"

그 말과 함께 부유하던 팔이 다시 아키토를 공격하기 위해 움직였다.

LP는 얼마 남지 않았으므로 다시 한번 공격을 받으면 시합은 끝난다.

그러나 공격을 맞기 전에 아키토가 먼저 스킬 카드를 하나 꺼내 힘을 개방했다.

"로미오, 메인 스킬…… 〈아큐네이온의 대방패〉!!"

순간 떠밀린 뒤에도 필사적으로 모래를 헤쳐나와 아키토의 곁으로 돌아온 로미오의 방패가 빛을 내며, 주위의 공격…… 즉, 아키토를 향해 달려들던 팔을 끌어들였다.

**[어둠에 강림한 어둠을 물리치는 백은의 어둠을 베어내는 나이트] 메인 스킬: 〈아큐네이온의 대방패〉**

일정 시간 동안 자신의 DP를 두 배로 하고, 주변 적의 공격을 자신의 방패로 끌어들인다. 이 효과가 발동되는 동안 대미지를 받은 경우, 이 카드가 파괴되는 일은 없으나 축적된 대미지가 이 카드의 체력을 웃도는 경우, 효과가 종료된 뒤 카드가 파괴된다. 또한 사용 후에 이 스킬을 다시 사용하려면 약간의 쿨 타임이 필요하다.

그대로 끌려간 팔이 로미오의 방패를 강하게 때렸지만, 지금은 DP가 8000까지 상승한 로미오의 몸을 흔들리게 하지도 못했다.

그리고 여유롭게 공격을 막아낸 로미오가 검을 휘둘러서 방패에 꽂힌 팔을 잘라냈다.

"흡!"

공격을 받은 팔 하나가 날아가더니 휙 사라졌다.

"엉?! 너, 무슨 짓이야! 내 소중한 팔을!!"

타오메이가 비명처럼 소리를 질렀다. 그 말을 들으니 팔이 금방 재생되지 않는 것을 알아챈 아키토는 조금 안심했다.

이거라면 상대에게도 리스크를 지게 할 수 있다……!

"어라, 느긋하게 있어도 될까?"

그러나 차분히 생각할 여유도 없이 몸을 돌린 아즈하르가 뛰어올라 아큐네이온의 대방패 효과가 끝난 순간을 노리고 로미오를 공격했다.

그대로 공중에서 보드를 빙글 회전시켜 그 끝으로 로미오의 머리를 노렸다.

로미오는 그것을 어떻게든 방패로 막았다. 그러나 그 순간 믿을 수 없는 광경을 목격하고 외쳤다.

"뭐라고?!"

아즈하르의 보드 바닥. 그곳에 분명 그것이 있었다.

아니, 들러붙어 있다고 말하는 편이 정확할지도 모른다.

반면 아즈하르는 모래 위에 화려하게 착지하면서 약간 위화감을 느끼고 있었다.

'……왠지 보드가 무겁지 않아?'

지금 공격도 본래는 더욱 높이 뛸 생각이었다.

속도도 생각만큼 나지 않는다. 그래, 마치 사람 한 명을 더 태우고 있는 듯한 위화감이 있다.

의아하게 여긴 아즈하르가 슬쩍 자신의 보드를 내려다보았다.

이상한 점은 보이지 않는다고 생각한 순간.

──모래 속에서 갑자기 팔이 튀어나와 아즈하르의 발목을 꽉 잡았다.

"흭……?!"

뜻밖의 일에 아즈하르가 비명을 질렀다.

그러는 동안에도 튀어나온 팔이 점점 올라와 마침내 모래 속에서 그 팔의 주인이 얼굴을 드러냈다.

"가…… 가…….."

울음소리 같은 꺼림칙한 소리를 내는 모래 범벅이 된 추악한 얼굴.

그리고 그것은 사악한 미소를 지으며 기분 나쁜 말을 했다.

"갈색 누나의…… 아름다운 다리이이이이……!"

"……꺄아아아아아아아아!!"

그대로 스르륵 보드를 기어오른 그것이 아즈하르의 허벅지에 매달리는 바람에 아즈하르가 비명을 질렀다.

말할 것도 없이 그것은 요시히코였다.

치여 죽은 듯이 보였던 요시히코가 실은 보드 바닥에 벌레처럼 붙어서 아즈하르의 몸을 만질 기회를 쭉 노리고 있었던 것이다. 모래 속에서 질질 끌려다니면서.

무서울 정도의 집념으로, 또한 그 징그러운 집념은 이 순간에 결실을 거두었다.

아즈하르의 허벅지에 얼굴을 문지르며 요시히코는 환한 미소를 지었고, 그의 얼굴은 완전히 헤벌쭉하게 풀어져 있었다. 끔찍하다.

"아앗, 누나, 누나! 정말 멋진 다리야! 전 앞으로 평생 떨어지지 않겠습니다, 여기서 살 거예요!"

"꺅! 싫어, 싫어, 이거 놔, 야!"

반면 아즈하르는 온몸에 소름이 끼쳐 요시히코를 어떻게든 떼어 내려고 했지만 요시히코는 마치 바위에 들러붙은 기묘한 조개처럼 떨어지지 않았다.

나아가 전혀 생각지도 못한 상황에 사용자인 리조차 동요하였다.

"아니……. 뭐야, 이 기분 나쁜 수법은……! 이 순간에 틈을 만들기 위해 일부러 그 카드를 잠복시켰단 말인가……?!"

"……물론이지, 리 옌푸!"

놀란 리에게 아키토가 의기양양한 얼굴로 대답했다.

물론 거짓말이다.

이 상황은 아키토에게도 예상외의 일이었다. 아키토는 다른 쪽에 신경 쓰느라, 요시히코까지 챙기지 못했다.

따라서 보드에 매달려 있던 것은 요시히코의 독단이며, 그 뒤에 계속 매달려 있던 것도 요시히코가 노력한 것이다.

물론 요시히코도 깊이 생각한 것은 아니다. 모든 것은 그의 밝히는 성격 때문이다.

그러나 이 일은 확실히 시합의 흐름을 바꾸고 말았다.

'지금이다, 지금이라면 팜의 조작에 집중할 수 있어……!'

아키토의 눈에 희망의 빛이 들어왔다.

아즈하르를 요시히코가 붙들고 있고, 타오메이는 팔이 파괴되는 것을 두려워하여 손의 수를 줄였다.

지금이라면 팜에게 집중력을 크게 할애할 수 있다!

"하아아앗!"

"으음!"

모래 위를 달리는 팜이 기합을 넣으며 충격을 거듭했다.

노원은 간신히 피하고 있지만, 노원의 모래 건너기 술법은 팜만큼 경쾌하게 움직이지는 못하는 모양이다.

그러나 그것만이 아니다. 마치 노원의, 아니 사용자인 리의 움직임을 읽은 듯이 팜의 대처가 빨랐다. 노원이 움직이면 그것을 파악하고 정확하게 움직여 상대를 교란시키고 있다.

'좋아, 할 수 있어……! 녀석의 버릇을 읽어 냈어……!'

아키토가 미소를 지었다. 그야말로 구멍이 뚫릴 만큼 리의 시합 기록을 봤다.

그리고 가상의 대전도 반복했다. 상대가 움직일 때의 버릇을 읽어내는 것만으로도 상황은 크게 달라진다.

"쳇, 이 녀석…… 내 움직임을 제법 연구했는데……!"

반면에 리는 아키토와 달리 씁쓸하게 말했다.

마스터의 기량 차이나 카드의 성능 차이로 말하면 이 시합은 질 리가 없는 것이었다.

그러나 상대가 기회를 노려 이렇게까지 덤벼든다면 아무래도 성가셔지는 법이다.

"에잇, 너무 얕보지 마라, 꼬맹아……! 죽어라!"

당황한 노원이 팔의 머신건을 난사했다. 팜은 모래 위를 고속으로 달리며 그것을 피했지만, 마침내 맞을 듯한 찰나에 크게 도약했다.

"바보가 당할 것 같으니 공중으로 도망쳤구나……!"

노원이 외치며 검을 들고 역시 크게 뛰어오르려고 했다.

촐랑거리며 이리저리 뛰어다니던 것도 공중에서는 불가능하다. 총격을 하더라도 모두 검으로 쳐내고, 그 부드러운 몸을 갈가리 찢어주겠다……!

그러나 노원이 뛰어오르도록 조작하던 리는 어떤 사실을 깨닫고 외쳤다.

"큭…… 안 돼, 함정이다. 뛰지 마, 노원!"

그러나 이미 늦었다.

노원은 그의 이름대로 원숭이처럼 뛰어 강력한 참격을 날리기 위한 자세를 잡았다.

바로 눈앞에는 무방비한 모습의 팜이 있다.

이겼다고 노원이 확신한 순간.

──그의 눈앞에. 팜의 포대가 출현했다.

"뭐라고……?!"

놀란 노원이 검을 휘둘렀다. 그 일격은 포대의 절반을 베어 냈지만 거기서 멈췄고, 노원은 그 자리에 굳어 버렸다.

그 모습을 확인하고 자신이 꺼낸 포대에 올라간 팜이 힘껏 발을 굴렀다.

"야아아아아압!"

"크어어억!"

그 가녀린 몸으로 한, 짓밟는 듯한 발차기로 포대가 떠밀리며, 그 밑에 있던 노원과 함께 바닥으로 떨어졌다.

중량이 있는 포대와 함께 모래 위에 내팽개쳐지며 그 충격으로 움직임이 멎었다.

그리고 머리 위에서 포대를 발판으로 삼아 다시 뛰어오른 팜이 빙글 공중제비를 돌아 총구로 한 곳을 정확하게 노리며 온 힘을 실은 일격을 쏘았다.

"가라아아아아아아아아아──!"

팜의 총탄이 하늘에서 내리듯이 발사되었고, 그 목표대로 팜이 만들어 낸 포대, 그곳에 실려 있던 포탄에 직격했다.

그리고 그 포탄이 맹렬하게 부풀어 올라…… 꿍음과 함께 날아갔다.

"오오오오오옷!"

노원이 절규했다. DP가 겨우 2700인 카드가 버틸 수 있는 일격이 아니었다.

그 몸이 폭발에 휘말려 곧 저항조차 하지 못하고 산산이 찢어졌다.

동시에 리가 손에 든 노원의 카드가 사라졌다.

《앗…… 이럴수가아아아아! 먼저 상대의 카드를 부순 쪽은 설마, 설마 하던 타카츠키 선수입니다아아아! 이거 시합장을 휘저으며 압도적인 우위를 점거하던 리 선수, 강렬한 카운터를 맞고 한 장을 소실————!》

중계자가 흥분하여 절규하듯이 외쳤다.

관객이 일제히 흥분하여 폭발한 것처럼 환호했다.

"대단해……! 해냈어요, 마스터! 밀어붙여요오오오!!"

흥분한 관객들 속에서 캐롤도 필사적으로 응원했다.

그 마음도 싸우는 동료들의 용감한 모습에 뜨겁게 타올랐다.

"말도 안 돼…… 이 내가 이 정도 상대에게……?!"

반면 시합장에서는 리가 생각지도 못한 상황에 멍하니 자신의 손을 바라보고 있었다.

눈앞이 아찔해지는 굴욕. 강렬한 분노.

그것이 더욱더 리의 조작을 흐트러뜨렸다.

"이…… 애송이가아아!"

분노한 채 새로운 카드를 콜하는 것도 잊고 타오메이의 팔을 거칠게 움직여 로미오를 향해 공격했다.

허공에 뜬 팔에 의한 강렬한 연속 공격, 그러나 엉성했기에 로미오는 방패로 피하고, 쳐내고, 버텨냈다.

그리고 로미오가 만든 시간에 아키토는 다음 움직임에 나섰다.

화려하게 착지한 팜에게 리의 디펜더인 타오메이를 향해 총격을 지시한 것이다.

"야아압!"

"윽, 약삭빠른 짓을 하네……! 아뵤!"

기합을 넣으며 타오메이가 뒤에 떠 있는 육완대왕이 아니라 자신의 손과 발로 팜의 총격을 튕겨냈다. 타오메이는 자신도 역시 그 수치대로의 성능을 지닌 카드이다.

본체와 초왕이라는 양방의 힘을 지닌 타오메이는 정말 강력한 카드라고 해도 좋다.

그러나 본체의 움직임에 집중하면 조종하고 있는 팔의 정밀도가 아무래도 떨어지고 만다.

팜의 일격은 그것을 노린 것이었다. 그대로 아키토의 옆까지 고속으로 돌아온 팜이 부유하는 팔 하나를 쏘았다.

"잡았습니다!"

총탄이 몇 개나 명중하여 팔 하나가 튕겨 나갔다. 또한 로미오가 다른 팔을 베어 냈기에 타오메이는 허둥지둥 부유하는 팔을 자신의 곁으로 되돌렸다.

"안 돼, 팔이 모두 당하겠어……!"

"좋아……! 잘해 줬어, 팜. 고마워……! 교대하자, 캐치!"

그렇게 시간을 만들고, 아키토는 팜을 격려한 뒤 곧장 카드로 되돌렸다.

그리고 바로 카드 하나를 들어 해방했다.

"콜…… 미체트!"

"정말 고마워, 팜…… 훌륭한 싸움이었어!"

한 번은 물러나야 했던 미체트. 그가 당당한 미소를 지으며 다시 돌아왔다.

《어이쿠, 여기서 타카츠키 선수, 다시 스피드 스타를 투입합니다! 그러나 여전히 필드는 그 속도를 살릴 수 없는 상황, 어떻게 할 생각일까요!》

흥분한 중계자가 떠드는 사이, 아키토가 다른 카드를 한장 꺼냈다.

"간다, 미체트! 메인 스킬!"

스킬 카드.

그것은 미체트의 메인 스킬인 〈블랙 호크 스트라이크〉였다.

"자신을 발사하는 스킬인가……! 멍청한 놈, 어디에 착지할 셈이냐!"

리가 무시하며 웃었다.

미체트의 메인 스킬은 지면에 착지하는 힘을 축적하여 자신을 발사하는 것이다. 모래 위에서는 그럴 장소가 없다. 그것을 이해했으면서 스킬을 쓴 것이다.

그러나 미체트는 여전히 자신만만하게 웃으며 혼신의 힘을 다해 뛰어오르며 외쳤다.

"있어, 착지할 장소라면……! 로미오!!"

"오오!"

미체트의 두 손이 로미오의 방패를 단단히 잡았다.

그대로 방패에 달라붙듯이 그 몸을 웅크렸고, 은색 몸이 검은색으로 물들기 시작했다.

그리고.

"이 노오옴…… 이제 그만 떨어져!"

"커흑!"

그 순간 아즈하르가 드디어 요시히코를 떼어 내는 데 성공했다.

"아아, 정말, 최악이야! 왜 내가 이런 녀석에게……."

"이런…… 아즈하르, 피해!"

모래 속으로 떨어져 가는 요시히코를 바라보며 아즈하르가 투덜거렸지만, 그때 리가 급하게 경고했다.

그러나 이미 모두 늦었다.

힘을 축적한 미체트.

그가 매달려 있는 방패를 로미오가 크게 쳐들었다.

"간다! 〈블랙 호크〉……."

"나이트ㅇㅇㅇㅇㅇ……!"

"〈스트라이아아아아아이크!!〉"

순간 로미오가 온 힘을 다해 방패를 휘두르자, 포탄처럼 미체트가 쏘아지며 검은 탄환이 되었다.

로미오의 힘까지 실은 강렬한 일격이 넘실거리는 모래 위를 요란한 소리를 내며 나아갔다.

"앗, 거짓말, 어떻게……."

"ㅇㅇㅇㅇㅇㅇㅇㅇㅇㅇ!"

그리고 미체트의 외침과 함께 당황한 아즈하르에게 직격했다.

"……꺄아아아아아아아아!"

아즈하르의 입에서 절규가 터졌고, 충격을 모두 막아 내지 못한 몸이 뒤로 날아갔다.

그리고 그 몸이 어딘가에 부딪히기 전에 붕괴를 맞이하여 사라졌고, 리의 손에 담긴 본체인 카드가 동시에 날아갔다.

《헉…… 세상에 두 장째다! 타카츠키 선수, 카드끼리 연계기를 선보이며 더 강했을 터인 리 선수의 카드를 연속으로 두 장 격파! 이런 전개, 누가 예상했을까요!》

중계자가 다시 흥분하여 외쳤다. 그와 동시에 주인을 잃은 모래 바다가 크게 휘몰아치더니 필드에서 사라져갔다.

시합장의 원래 지면이 나타나며, 모래에 삼켜져 있던 요시히코의 모습이 드러났다.

"좋아, 요시히코. 잘 보조해 줬어…… 역시 넌 대단한 녀석이야!"

공격에 성공한 미체트가 요시히코를 칭찬했다.

그러나 당사자인 요시히코는 주변을 두리번거리며 슬픈 듯 중얼거렸다.

"아아앗, 모래가 없어졌다는 건 갈색 누나는 부서졌다는 건가요?! 이럴 수가, 아직 팬티를 확인하지 않았는데!!"

"……너란 녀석은…… 아니, 이러고 있을 때가 아니지."

미체트는 순간 한심하다는 표정을 지었으나, 다시 마음을 가다듬고 달려갔다. 이제 모래는 거의 없어졌으므로 각력을 활용할 수 있다.

상대는 이제 필드에는 디펜더 한 장만 남은 상태이다. 공격한다면 지금밖에 없다!

"끝내 버리자, 이번 싸움……!"

질풍과 같은 미체트가 리에게 향했다.

"앗, 저기요, 마스터, 큰일 났는데요?!"

디펜더인 타오메이가 자세를 취하며 초조하게 말했다. 그러나 당사자인 리는 자신의 얼굴 반을 손으로 가리고 살짝 고개를 숙이고 있었다.

그리고 자신의 입술을 피가 나도록 세게 깨물고 증오로 그 얼굴을 일그러뜨렸다.

······설마. 설마 이 내가, 이런 녀석에게······.

이런 애송이에게 카드를 잃고, 나머지 카드를 콜하는 꼴이 될 줄이야······!

확실히 아즈하르와 노원은 리에게 그리 중요한 카드는 아니었다. CVC를 노리고, 환경을 조종할 수 있는 카드에게 익숙해지려고 준비했을 뿐인 것이고, 또 아키토를 상대하는 데 열심히 훈련을 해두지도 않았다.

특별한 대책 따위는 세우지 않아도 이길 수 있다······ 아니, 그렇게 우쭐거렸다.

그 결과가 이 꼴이다. 관중 앞에서 무참하게도 카드 두 장을 잃었다.

이것으로 자신의 평가는 틀림없이 떨어질 것이다. 아니, 그것만이라면 그나마 괜찮다. 이 시합을 그 녀석이······ 콜로세움의 현왕이라 불리는 그 거만한 남자가 본다면 어떻게 생각할까.

분명 자신을 비웃을 것이다.

그것만은······ 그 녀석에게 얕잡아 보이는 일만은 용납할수 없다!

그렇게 생각하니 리의 마음에 어두운 감정이 커지지 않을 수 없었다.

"네 이놈…… 죽여 주마! 타카츠키이이이이!!"

리가 외치고는 순식간에 두 장의 카드를 콜했다.

손에 든 카드가 빛나며 그 안에서 새로운 카드가 해방되었다.

《오오, 여기서 리 선수, 새롭게 온존해둔 카드 둘을 콜하려는 모양입니다! 무엇을 꺼낼까요!》

서로 가져온 카드는 숨겼기 때문에 중계자도 무엇이 나올지 파악하지 못하였다.

일동이 마른 침을 삼키며 지켜보는 가운데 리의 눈앞에 새롭게 두 장의 카드가 나타났다.

그 중 하나는 인간과 같은 몸에 늑대의 머리를 지녔고, 손에서는 거대한 손톱이 빛나고 있었다.

온몸이 은색 털가죽으로 뒤덮인 카드…… 늑대인간 카드, [울부짖는 숲의 은랑(銀狼)]이다.


**[울부짖는 숲의 은랑]**

AP: 5400 DP:3000


"……으으으으으으으으으!"

"크윽……!"

주위를 둘러본 은랑이 우렁차게 포효하자 공기가 떨렸다.

진동으로 그 몸이 잘게 떨린 미체트가 살짝 겁을 먹었다.

포효하는 것만으로 가해지는 그 압력이 은랑의 몸에 담긴 압도적인 힘을 느끼게 했다.

"쳇……. 뭐야, 이 상황은……."

그리고 다른 한 장…… 나오자마자 투덜거린 그는 늑대인간과는 다른 완전한 인간의 형태를 하고 있었다.

푸석푸석한 흰 머리에 사이즈가 맞지 않은 셔츠와 더러운 청바지. 그것만 보면 마치 일반인이라는 생각마저 들었다.

그러나 그 피부는 죽은 사람처럼 하얗고, 또한 눈은 피처럼 빨갛게 빛났다.

[절화창월(絶華蒼月) 광골(狂骨)의 사티바]. 꺼림칙한 붉은 오라가 감도는 흡혈귀 카드이다.

**[절화창월 광골의 사티바]**

AP: 5900 DP: 3000

《리 선수가 꺼낸 것은 [울부짖은 숲의 은랑]과 [절화창월 광골의 사티바]입니다! 모두 리 선수가 평소 시합에서도 사용하는 카드, 여기서 본 실력을 발휘하는가!》

『마스터, 위험해요! 둘 다 아까 카드보다 훨씬 자주 사용하는 카드니까 조심하세요……! 시합에서의 움직임, 사용하는 스킬을 잘 떠올리세요!』

중계자가 외치자, 캐롤이 서둘러 통신을 보냈다.

"그래, 캐로! 하지만…… 역시 두 장이 부서졌다고 해서 그만둘 마음은 없나 봐!"

캐롤의 통신을 들은 아키토가 말했다. 두 장이 부서진 시점에 보통 시합이라면 손해를 줄이기 위해서 항복하겠지만 리에게는 그럴 마음이 없는 듯했다.

전투를 속행하게 된다면 아키토 쪽도 결코 편하지는 않다.

두 장을 제거하기는 했지만, 동료들에게 대미지가 쌓이고 있기 때문이다.

게다가 팜은 포대를 자신의 손으로 파괴하고 말았기에 다시 한번 꺼내더라도 역할을 수행하기가 꽤 힘들다. 모래도 없어졌고, 기동력도 더는 살릴 수 없다.

그렇다면 나머지는 대미지를 입은 미체트, 로미오, 요시히코. 그리고 아직 온존해 두어 무사한 안젤리카뿐이다.

게다가 다이렉트 어택을 한 번 맞는 바람에 또 공격을 받는다면 바로 LP를 잃고 패배하게 된다.

반면에 상대는 수호령의 팔을 두 개 잃은 타오메이와 새롭게 등장한 두 카드가 있다.

결코 쉬운 상황이 아니다. 그러나 하지 않으면 안 된다.

"새로운 카드인가. 어디, 하나 부딪쳐서 솜씨를 볼까……."

미체트가 중얼거리며 가속하기 위해 몸을 앞으로 기울였다.

그러나 말을 모두 마치기 전에 상대가 움직였다.

"오오오오오오오오!"

은랑이 그 무서운 턱을 크게 벌리고 하울링 하듯이 외치며 뛰어들었다. 그리고 순식간에 미체트의 눈앞까지 달려와 그 단단한 손톱을 번개처럼 휘둘렀다.

"큭…… 빨라!"

미체트가 작게 읊조렸다. 미체트가 그렇게 인정할 만큼 대단한 속도였다.

팔을 들어 은랑의 손톱을 막았다. 챙, 하는 소리가 나며 손톱이 미체트의 금속 팔을 두드렸다.

막았다고 안도할 여유도 없이 연이어 은랑의 발차기가 날아들었고, 미체트는 무릎을 들어 그것을 막았다. 이번에 몸을 빙글 돌린 은랑이 손목을 돌려 손톱으로 공격하는 것을 뒤로 점프하여 피했다.

매서운 공격이다. 그러나 모두 리가 이쪽을 무너뜨리기 위한 포석에 불과했다.

이어서 리가 혈안이 되어 손에 든 스킬 카드의 힘을 패대기치듯이 개방했다.

"[울부짖는 숲의 은랑] 메인 스킬…… 〈레이저 엣지〉!"

"워어어!"

카드가 은랑에게 힘을 부여하자, 표효하며 다시 손톱을 휘둘렀다.

'쳇, 무슨 효과지……?!'

생각하면서도 미체트는 다시 뒤로 물러나 피하려고 했다.

손톱의 사정거리 밖으로 나갈 수 있으므로 충분히 피하겠다. 그렇게 생각한 순간.

"안 돼, 미체트! 피해!"

"큭!"

아키토가 외치자, 후방으로 뛰던 미체트는 얼른 몸을 꺾었다.

손톱의 사정거리 밖일 터였다.

그런데. 좀 전까지 미체트의 머리가 있던 공간이 굉음과 함께 터져 나갔다.

"……그런가. 이 녀석의 능력은…… 실체보다 더 긴 리치!"

식은땀을 흘리며 미체트가 중얼거렸다. 그의 가슴팍이 크게 베어져 있었다.

은랑의 메인 스킬, 〈레이저 엣지〉.

그것은 그 단단한 손톱에서 리치를 더욱 길게 뻗는 흉악한 스킬이었다.


[울부짖는 숲의 은랑] 메인 스킬: 〈레이저 엣지〉

사용 후, 이 카드가 손톱을 휘두를 때, 그 앞에 이 카드의 AP와 같은 위력을 지닌 공격을 발생시킨다.


"쳇, 일격으로 끝내지 못했나……. 역시 알고 있었구나……!"

리가 지긋지긋하다는 듯 중얼거렸다. 리가 아키토의 카드를 파악하고 있는 것처럼 아키토도 리가 사용한 적이 있는 은랑의 능력은 파악하고 있었다.

그러나 리는 바로 태세를 정비하고, 자신의 카드에게 힘차게 명령했다.

"하지만 알고 있다고 해서 언제까지 버틸 수 있을까. 가라, 은랑! 속도가 자랑인 카드를 속도로 압도해 버려!"

"워어어어어어!"

은랑이 외치고 다시 공격을 시작했다.

미체트는 그 공격을 어떻게든 피하면서 반격하려고 하였지만, 레이저 엣지에 의해 길어진 리치 때문에 좀처럼 상대에게 접근할 수가 없었다.

"얕보지 마…… 속도로 질 수는 없지!"

그럼에도 찰나의 틈을 노려 미체트가 은랑의 사각으로 파고들어 드디어 강력한 하이킥을 목에 꽂아 넣었다.

뿌득, 하는 무서운 소리와 함께 뼈가 부서지는 감촉이 전해졌다.

처리했다고 순간 착각했다. 그러나 목뼈가 부러졌을 터인 은랑이 태연한 얼굴로 예리하게 노려보더니, 곧 손톱을 힘차게 휘둘렀다.

"이럴 수가!"

미체트가 당황하여 얼른 피하려고 했으나 완전히 피하지

못하고, 어깨를 크게 찢기고 말았다.

서둘러 뒤로 뛰는 미체트. 경악하여 확인하자, 은랑은 부러졌을 터인 목을 살짝 흔들며 태연하게 공격을 재개했다.

"안 돼, 미체트! 은랑은 상당히 높은 수준의 회복 능력을 지니고 있어! 어설프게 때려도 치명상은 되지 않고, 같이 죽을 각오로 반격하려고 들 거야!"

"아아, 그야 들었는데…… 설마 이 정도일 줄은 몰랐어!"

얼른 아키토가 충고하자, 미체트가 은랑의 연속 공격을 필사적으로 피하며 대답했다.

높은 AP뿐만 아니라, 회복 능력도 지녔고, 나아가 자신과 동등한 속도를 지닌 상대.

경이적인 성능이라고 말하지 않을 수 없다.

"젠장, 너무 까다로운 상대야."

"형님, 가세하겠습니다!"

미체트가 투덜거리는데 뒤처져 있던 요시히코가 따라왔다.

그대로 여기검을 휘둘러 은랑을 공격하려고 했다.

그러나 갑자기 무언가가 옆에서 날아와 요시히코의 얼굴을 노렸다.

"아뵤!!"

"으악!"

요시히코가 얼른 몸을 뒤로 젖혀 회피했다.

그러자 그것이 요시히코의 머리 위를 지나쳐 척 착지했다.

"너의 상대는 내가 하겠어. 아즈하르의 원수, 내가 갚아 주마!"

주먹을 꽉 쥐고 등 뒤에는 거대한 수호령을 데리고 있는 모습.

선희 타오메이가 그곳에 서 있었다.

리가 디펜더일 터인 타오메이를 전선으로 올린 것이다.

"아니…… 타오메잉?!"

"잉이 뭐야!"

요시히코가 놀라서 외치자, 타오메이가 지적했다.

"흠씬 두들겨 패주겠어! 각오해라!"

그렇게 외치며 타오메이의 발차기가 질풍처럼 날아들었다. 요시히코는 그것을 종이 한 장 차이로 피했지만, 타오메이의 뒤에서 육완대왕이 남은 팔을 쏘아 동시 공격을 노렸다.

"으아아앗?!"

팔 하나가 옆구리를 스치는 바람에 요시히코가 비명을 질렀다.

자신의 체술과 육완대왕의 팔에 의한 연계. 이것이야말로 타오메이의 진면목이다.

"이런, 이대로 가면 너무 불리해……! 메인 스킬로 가자, 요시히코!"

아키토가 외치며 스킬 카드의 힘을 해방했다.

"우오오오오……! 〈리비도 파워 전개〉!"

요시히코의 AP가 점점 상승하였다.

그 수치는 무려 4200까지 올라갔다. 타오메이의 DP를 웃돌게 된 것이다.

어떻게든 상대에게 부담을 줄 수 있는 숫자. 요시히코의 튼튼함과 합쳐지면 싸울 수 있을 것이다.

그러나 아키토는 동시에 강렬한 불안함도 느꼈다.

"타오메이를 앞으로 보냈다…… 그렇다는 건……!"

퍼뜩 시선을 리에게로 보냈다.

그곳에는 디펜더를 타오메이와 교대한 사티바의 모습이 있었다.

사티바는 매우 냉정한 표정으로 전장을 바라보며 리에게 말을 걸었다.

"……이봐, 리. 뭐야, 이 꼴은. 당신, 이 정도 상대에게 고전한 건가. 한심하군."

"……닥쳐, 사티바. 이 나를 무시하는 말을 하면 네 혀를 잘라 버릴 거다……!"

손가락으로 귀를 후비며 무시하는 듯 말하는 사티바에게 리가 짜증스럽게 대답했다.

그러나 사티바는 전혀 개의치 않는 얼굴로 양손을 바지 주머니에 찔러 넣더니 지루하다는 어조로 말을 이었다.

"뭐, 됐어. 나와 은랑이 나왔으면 이제 승부고 뭐고 없겠지. 얼른 내 메인 스킬을 써."

"카드 주제에 나에게 명령하지 마! ……하지만 확실히 이 이상 짜증날 일이 생기는 건 참을 수 없어. 네놈의 메인 스킬로 끝장내버려야겠어. 간다, [절화창월 광골의 사티바] 메인 스킬……."

리가 스킬 카드를 들고 그 힘을 해방했다.

힘이 사티바의 몸으로 흘러 들어가자, 사티바를 뒤덮고 있던 붉은 오라가 부풀어 올랐다. 그리고 그 안에서 이형의 무언가가 스르륵 기어 나왔다.

"〈증오를 노래하는 앙리에타〉……!"

사티바가 자신의 스킬 이름을 불렀다.

그에 따라 모습을 드러낸 그것은 거대한 상반신뿐인 인간의 뼈였다.

길이가 5미터가 넘고, 붉은 오라가 감도는 거인과 같은 인골.

그러나 일반적인 인골과 다른 점은 갈비뼈가 뒤틀려 여기저기로 흉하게 튀어나왔다는 것과 뼈 여기저기에서 창처럼 더욱 날카로운 뼈가 튀어나왔다는 점이었다.

추악하고 저주받은 이형의 거대한 뼈. 앙리에타라는 이름을 지닌 그것이 자신의 두개골을 떨며 불길한 소리를 질렀다.

"오오오오오오오!!"

"역시 나왔구나……!"

그 외침에 찌릿찌릿 긴장감을 느끼며 아키토가 전율하여 말했다.

거대한 뼈를 불러내는 그 스킬은 타오메이의 스킬과 비슷하다고 할 수 있을지도 모른다.

그러나 둘의 능력에는 결정적인 차이가 있다. 그것은 타오메이의 수호령이 등 뒤에서 떠나지 못하는 것에 비해…… 사티바가 불러낸 그것은 자유자재로 돌아다니는 것이 가능하다는 것이다.

**[절화창월 광골의 사티바] 메인 스킬: 〈증오를 노래하는 앙리에타〉**
스킬 사용 후, 앙리에타 토큰을 그 자리에 꺼낸다. 이 토큰은 이 카드와 같은 AP와 DP를 지니고, 자유자재로 조작할 수 있다. 이 토큰은 한 장소에 하나밖에 꺼내지 못하고, 또한 파괴되면 다시 꺼낼 때까지 긴 쿨타임이 발생한다.

"가라, 앙리에타…… 증오한 채로 모든 것을 꿰뚫어라."
"오오오오오!"
사티바가 명령하자 앙리에타가 두 손으로 지면을 헤집으며 기어가듯이 전진하기 시작했다.

그러나 그 본체는 제자리에 남아 디펜더로서의 역할을 다하려는 모양이다. 토큰만을 전진시켜 공격에 참가시키는 공방 일체라고 해도 좋을 전술이다.

'큰일이야……! 도저히 은랑과 타오메이를 상대하면서 대적할 수 있는 상대가 아니야……!'

긴장한 아키토에게서 땀이 흘렀다. 상대는 아마 미체트부터 노릴 것이다. 아무리 미체트가 빠르다고 해도 저만한 카드의 동시 공격을 피할 수는 없다.

이대로 가면 진다…….

아키토는 이 시합에서 가장 중요한 선택의 기로에 섰다.

"……할 수밖에 없어……!"

잠깐 고민한 아키토는 결심했다.

그리고 자신을 바라보고 있는 로미오를 마주 보며 힘차게 선언했다.

"가자, 로미오…… 우리도 앞으로 나갈 수밖에 없어."

"좋아. 동료의 궁지에 달려가는 것이 나이트의 의무다."

서로 고개를 끄덕이고 동시에 달리기 시작했다.

목표는 미체트다.

《오오, 여기서 타카츠키 선수, 도박에 나섭니까! 디펜더와 함께 앞으로 나가는 작전입니다!》

아키토의 움직임을 본 중계자가 외쳤다.

그 말을 들으며 아키토는 필사적으로 시합장을 달려 미체트의 뒤에서 말을 걸었다.

"미체트! 너는 뼈를 막아!"

"……무리하지 마라, 마스터! 하지만…… 알겠다!"

미체트가 씩 미소를 짓고는 돌아보지도 않고 대답하더니 단숨에 가속했다.

그대로 은랑의 옆을 지나쳐 거대한 뼈, 앙리에타로 향했다.

은랑은 그 뒤를 쫓으려고 했지만, 순간 힘껏 달려온 로미오가 검을 쳐들고 베어 내려고 했기에 그러지 못하고 방어로 전환했다.

"너의 상대는 내가 해주마!"

"워우웅……!"

로미오와 은랑이 서로 노려보다 곧 서로의 무기를 맞부딪쳤다.

은랑의 날카로운 손톱이 로미오의 방패에 큰 생채기를 냈다. 답례라는 듯 로미오의 검이 은랑의 가슴을 크게 베어냈지만, 그 상처는 순식간에 낫고 말았다.

"으음…… 이 정도의 회복 능력을……!"

『마스터! 이런 때를 위해 준비해 둔 그것을 써주세요! 은랑의 회복 능력에 대항하려면 그것밖에 없습니다!』

그때 캐롤이 통신을 보냈고, 크게 동의한 아키토가 카드 한 장을 꺼냈다.

"그래, 캐로, 쓰도록 할게……! 매직 카드, [성별(聖別)된 축복의 성수]!"

카드의 힘이 해방되어 그 빛이 로미오의 검에 깃들었다.

로미오가 다시 검을 쳐들어 휘둘렀다. 그리고 다시 은랑의 몸을 베어 내자, 이번에는 아까와 달리 상처가 낫지 않았다.

《아니, 여기서 타카츠키 선수, 매직 카드로 나이트의 무기에 특수 효과를 주어 은랑의 회복 능력을 봉인하는 두뇌 플레이! 늑대인간과 흡혈귀의 회복 능력은 성스러운 효과를 받는 무기에 공격당하면 효과가 약해집니다!》

중계자가 상황을 설명했다. 늑대인간과 흡혈귀의 회복 능력은 강력하지만, 그 대책도 존재한다. 그중 하나가 이 성수로, 무기에 사용하면 그 회복 능력을 봉인할 수 있다.

"쳇, 약삭빠른 짓을⋯⋯."

리가 무심코 혀를 찼다.

그러는 동안에도 앙리에타와 거리를 좁힌 미체트가 격렬한 전투를 펼치기 시작했다.

"오오오오오오!"

앙리에타가 두개골을 떨어 무서운 소리를 냈다.

그대로 거대한 팔을 쳐들어 미체트를 때려눕히기 위해 힘껏 내리쳤다.

그러나 미체트는 재빨리 옆으로 뛰어 공격을 피하고, 앙리에타의 팔은 허공을 가르며 강하게 지면을 때리며 모래 먼지를 일으켰다.

연이어서 앙리에타가 두 손으로 난폭하게 두드리며 쫓아왔지만 재빠른 미체트를 잡을 수는 없었다. 반대로 미체트가 틈을 노려 앙리에타의 몸을 손이나 발로 때려 그 거대한 몸을 깎아 나갔다.

"받아라, 받아라!"

빠른 속도를 발휘할 기회를 얻은 미체트의 모습이 그림자처럼 흐려지며, 앙리에타를 계속 공격했다.

상성으로 말하자면 미체트가 유리하다. 그러나 리는 이 국면을 결코 나쁘게 보지 않았다.

"어리석은 놈, 날 밀어붙였다고 생각하나! 이 구도라면 서로의 역량 차이가 똑똑히 드러난다. 급이 낮은 네놈이 나와 맞붙을 수 있을 거라 생각했나!"

그렇다. 이 상황은 일대일이 세 곳에서 벌어지고 있는 것이었다.

로미오 대 은랑, 요시히코 대 타오메이, 그리고 미체트 대 앙리에타.

이렇게 되면 이기는 쪽은 실력이 더 높은 쪽이다. 그리고 아키토의 카드들은 이미 대미지를 입었다. 자신이 질 리가 없다고, 리는 확신했다.

"워어어어어!"

"크으윽……!"

은랑이 포효하고, 손톱을 휘둘러 로미오의 축복받은 검 따위는 개의치 않고 달려들었다.

본래 로미오의 DP보다 은랑의 AP가 훨씬 높다. 게다가 로미오는 디펜더이기에 아키토까지 챙겨야 한다.

따라서 공격을 피하지도 못하고 막거나 쳐내지 않으면 안 된다. 그러나 그러기에는 은랑의 연속 공격이 너무 빨랐다.

그 손톱이 휘둘러질 때마다 로미오의 몸이 찢기고, 갑옷이 깨지며 피가 튀었다.

"으윽……!"

요시히코도 고전을 면치 못했다. 타오메이와는 성능 차이가 너무 나기 때문이다.

또 타오메이는 수호령이 날리는 팔과 함께 자신의 체술도 구사하여 연격을 펼치고 있다. 요시히코는 빈말로도 멋지다고 할 수 없는 움직임으로 맞서고는 있지만 아무래도 힘들어 보였다.

"우오오옷……! 큭, 제길, 이 상황에선 도저히 리비도 파워를 높일 여유도 없어……. 상황이 너무 긴박해……!"

버거운 적의 공격, 그리고 동료의 위기. 아무리 요시히코라도 음흉한 생각을 할 틈이 없었기에 이 이상 파워를 높일 수가 없다.

미체트는 앙리에타와의 싸움을 다소 유리하게 진행하고 있지만, 나머지 둘이 너무 힘들다. 언제 무너져도 이상하지 않다.

리의 입가에 사악한 미소가 드리워졌다.

"어떠냐, 타카츠키……! 이것이 나와 너의 차이다! 절망해라! 그리고……"

리는 계속 무언가를 말하려고 했다.

그런데. 그때 아키토의 얼굴을 보고 말문이 막히고 말았다.

"…………."

──이렇게 싸우는 와중에 아키토의 얼굴은 지극히 조용했다.

마음을 읽을 수 없는 잔잔한 표정.

그러나 그 눈만은 뜨겁게 어느 한 곳을 지그시 응시하고 있었다.

즉…… 리를.

"큭……."

리의 마음에 동요가 일었다. 아키토의 저 눈. 그것은 확실히 리를 향하고 있지만, 그저 바라보는 것만이 아닌 듯 느껴졌다.

그 눈이 응시하고 있는 것은 모습이 아니다.

좀 더 내밀한 안쪽, 그렇다…… 리의 마음속을 엿보고 있는 듯한…….

"……해치워라!"

불길함을 느낀 리가 카드에게 명령했다. 그에 따라 은랑이 더욱 날카롭게 손톱을 휘둘렀지만, 로미오는 몸을 살짝 젖혀 피했다.

연이은 일격도 휘두르려는 순간 밑에서 로미오의 방패가 올라와 막히고 말았다. 이어서 반대편 손을 휘둘렀지만 먼저 로미오가 검으로 찔러 제대로 되지 않았다.

"구워어어엉……!"

은랑이 신경질적으로 으르렁거리며 자신의 손에서 로미오의 검을 뽑아 태세를 재정비하기 위해 뒤로 물러났다. 그러자 그것을 기다렸다는 듯 로미오가 전진했다.

그것을 뿌리치려고 한 은랑이 손톱을 똑바로 뻗었지만, 이번엔 로미오가 방패를 크게 옆으로 휘둘러 쳐내고 말았다.

그러다 생긴 커다란 헛점. 로미오의 검이 은랑의 가슴을 깊숙이 찔렀다.

"깽!"

"아ㅣ!"

은랑이 비명을 질렀고, 리 역시 소리를 쳤다. 어떻게 된 일인가. 아까까지 그만큼 유리하게 진행되고 있었는데……!

생각할 수 있는 이유는 하나다. 움직임을 읽히고 있는 것이다. 리의 조작으로 은랑이 무엇을 하려던 순간, 아키토가 먼저 움직여 그 동작이 일어나는 것을 막아 내고 있었다.

"할 수 있어. 상대의 움직임이 손에 잡힐 듯이 보여……!"

무섭도록 냉정한 얼굴로 아키토가 말했다.

리의 접근전에서의 움직임. 그것을 아키토는 이 일주일 동안 그야말로 죽도록 연구했다. 몇 번이고, 몇 번이고 머릿속에서 가상의 리와 싸우며 자주 하는 움직임과 선호하는 연계, 행동하기 직전의 버릇, 그리고 즉각적으로 하는 움직임을 모두 파악했다.

그것을 실전 속에서 맞춰 보며 아키토는 완전히 리의 움직임을 읽어내고 있었다.

이것이 서로 아무런 준비도 하지 않은 싸움이었다면 아키토에게 승산이 없었을 것이다. 일방적으로 기량의 차이를 보이며 손 쓸 방도도 없이 졌을 것이다.

그러나 이번에는 다르다. 공부할 시간이 있었다. 연습할 시간이 있었다. 반면 리는 아키토를 얕보았고, 또 실전에서 움직임을 읽어 낼 시간을 주고 말았다.

모든 조건이 아키토에게 유리하게 움직였다. 리의 명확한 실책이다.

그러한 공수가 역전되어 상황은 이제 로미오의 공격을 은랑이 필사적으로 막는 흐름이 되었다.

"말도 안 돼…… 어떻게 이럴 수가……!"

더 강했을 터인 리. 그러나 시합 시간이 지나가며 서로 맞부딪치면 맞부딪칠수록 그 움직임을 읽어 낸 아키토가 우위를 점거하기 시작했다.

그 사실에 리는 공포를 느끼게 되었다.

"자, 자, 슬슬 죽어라!"

"우오오오오옷! 싫어, 싫어, 부서지고 싶지 않아!"

반면 요시히코는 타오메이의 공격을 차례차례 맞고 있었다. 역시 요시히코의 움직임에는 다소 정확함이 부족했다.

그때 캐롤이 요시히코에게 통신을 보냈다.

『뭐 하는 거야, 바보 요시히코! 네 특기인 여성 카드잖아. 더 힘을 내보란 말이야!』

"쉬, 쉽게 말하네요, 이런 상황에 리비도 파워를 쌓기는 힘들다고요! 파워가 없으면 나 같은 건……."

『뭐야, 충동이 부족하다고?! 그럼……!』

그러며 객석에서 캐롤이 검은 스타킹을 신은 다리를 크게 쳐들었다.

그리고 자신의 다리를 과시하며 외쳤다.

『시합이 끝나면 네 눈앞에서 이 스타킹을 벗어 줄게! 그러니까…… 마스터를 위해 열심히 해애애애애애!』

"앗……!"

그 순간 그답지 않게 진지하게 임하던 요시히코의 내면에서 무언가가 분출했다.

마음속에서 검은 우주가 펼쳐졌다…… 아니, 그것은 우주가 아니다. 캐롤의 검은 스타킹이다.

반짝반짝 빛나는 스타킹의 바다 속에서 정신을 부유시키며 요시히코가 외쳤다.

"……이기면 캐롤이 눈앞에서 벗은 스타킹을 받는 데다 그 허벅지에 얼굴을 묻게 해준다아아아아아아아아아!!!"

『거기까진 말 안 했어!』

"우오오오오오오오오오————!!"

캐롤의 지적을 무마할 기세로 요시히코가 외치자 AP가 더욱 상승했다. 어쩐지 차분해졌던 눈이 이글이글 불타며 짐승처럼 타오메이의 몸을 훑어보았다.

"이걸로 끝이다! 야아아압!"

그때 타오메이가 특기인 체술과 팔의 연계 공격을 가했지만, 요시히코는 번들거리는 눈으로 흐느적거리는 불쾌한 움직임으로 모두 휙휙 피하고 말았다.

"뭐라고?!"

"보인다…… 보여…… 타오메이의 몸 전체가……!"

놀란 타오메이. 지금의 요시히코에게는 그 움직임 전체가 손에 잡힐 듯이 훤하게 보였다.

"에잇, 이놈!"

당황한 타오메이가 육완대왕의 남은 팔을 다른 각도에서 일제히 쏘았다.

그러나 요시히코는 그 움직임마저 모두 읽어냈다.

"거기다!"

"헉?!"

벌떡 일어난 요시히코가 자신의 여기검을 채찍처럼 휘둘러 놀랍게도 부유하는 팔 전체를 일제히 묶어 버렸다. 당황한 팔들이 버둥거리며 도망치려고 했지만, 요시히코의 검은 팔들을 단단히 묶어 결코 놔주지 않았다.

《아니, 여기서 리비도 전사가 타오메이의 부유하는 팔을

한꺼번에 잡았습니다! 나이스 플레이, 과연 지금부터 무엇을 할 생각일까요?!》

"오오오오!"

중계자의 목소리를 들으며 요시히코는 자신의 몸을 빙글빙글 회전시키기 시작했다.

그에 맞춰 여기검에 잡힌 팔들도 회전하여 가속도가 붙었고, 곧이어,

"로미오! 갑니다아아아아아아아!!"

그대로 여기검을 한계까지 늘여 사로잡은 팔을 힘껏 던졌다.

그리고 노리는 곳은…… 은랑이다!

"이런……."

"컹!!"

리가 그 목적을 눈치챘을 때는 이미 늦었다. 주먹 다발이 거대한 해머가 되어 은랑을 힘껏 때렸다.

"잘했다, 요시히코……! 하앗!"

로미오가 웃으며 검을 휘둘러 부유하는 팔들을 일제히 베어냈다.

엄청난 일격에 팔들이 일제히 날아갔다. 그리고 로미오는 그대로 기세를 몰아 자세가 무너진 은랑에게 향했다.

"에잇…… 그냥 당할 것 같냐!"

리가 절규하며 은랑에게 손톱을 휘두르게 했다.

그러나 그 섣부른 일격은 아키토가 노리던 것이었다.

"로미오! 메인 스킬!"

"……⟨아큐네이온의 대방패⟩!"

아키토와 로미오가 함께 외치자 방패가 빛을 내뿜었다.

주위의 공격을 끌어들이는 아큐네이온의 대방패.

그것을 직접 공격하려는 상대에게 쓰면 어떻게 될까.

게다가…… 로미오가 그 방패의 위치를 순간적으로 크게 비틀어 버린다면.

"큭……!"

로미오의 몸을 노리고 날아든 손톱 공격. 그것이 방패 방향으로 크게 끌려갔다.

그 결과 은랑은 완전히 무너진 비참한 모습을 로미오 앞에 드러내고 말았다.

"아니……."

리가 경악했다. 그 순간 성스러운 힘이 깃든 로미오의 검이 호쾌하게 내리 꽂히며 그 몸을 강하게 베었다.

"나이트 하이퍼 슬래애애애애시!!"

"우워어어어어어어어어어!"

은랑이 마지막으로 절규하였고, 완전히 베인 몸이 무너지기 시작했다.

그리고 동시에 요시히코와 타오메이의 싸움도 드디어 마지막 국면에 접어들려고 하고 있었다.

"이 자식……, 잘도!"

여기검으로 팔을 내던진 자세로 굳어 있던 요시히코에게 분노의 화살을 돌리는 타오메이.

그 뒤에 있던 육완대왕은 모든 팔을 잃어 이제는 그저 근육덩어리에 지나지 않았다.

따라서 체술로 요시히코를 없애기 위해 타오메이가 혼신의 힘을 담아 날아차기를 날렸다.

그러나 그것은 요시히코가 유도한 것이었다. 곁눈질로 타오메이의 움직임을 확인하고 있던 요시히코가 스르륵 몸을 낮춰 발도술과 같은 자세를 취하더니.

"비검——."

번개와 같은 민첩함으로.

"여기검 · 귀갑묶기……!"

그것을 실행했다.

"갸아아아악?!"

타오메이의 입에서 비명이 터져나왔다. 찰싹, 하는 소리가 나며 밧줄처럼 뻗은 요시히코의 검이 타오메이의 몸을 강하게 구속했다.

여기검이 뱀처럼 타오메이의 몸을 휘감아 복잡하게 얽히며, 거북이의 등껍질 같은 형태로 단단히 파고들었다. 그리고 요시히코가 늘어난 칼날을 칼자루에서 떼어 내자, 타오메이의 몸을 구속한 채 바닥으로 풀썩 떨어졌다.

"뭐, 뭐야 이거, 윽, 으으으으윽!!"

타오메이가 온 힘을 다해 묶인 것을 풀려고 했지만, 몸 여기저기가 단단히 고정되어 꿈쩍도 하지 않았다. 그 모습을 힐끔 보며 요시히코가 중얼거렸다.

"⋯⋯흰색."

팬티색이다.

요시히코는 찰나에 타오메이의 바지를 살짝 내려 팬티의 색깔까지 확인한 것이다.

"좋아, 해냈어⋯⋯!"

아키토가 회심의 혼잣말을 중얼거렸다.

비검 '여기검・귀갑묶기'. 여성 카드를 공격할 수 없는 요시히코와 함께 아키토가 개발한, 여기검을 이용하여 상대를 구속하는 기술이다.

난이도가 높아서 강한 상대라면 그리 쉽게 노릴 수 있는 기술이 아니지만, 카드가 부서져 상대의 집중력이 깨진 순간이라 성공할 수 있었다.

익숙하게 쓰던 카드를 잃은 순간, 주인은 아무래도 큰 충격을 받기 마련이다. 그것은 리 역시 마찬가지였던 모양이다.

《마, 맙소사! 여기서 타카츠키 선수, 디펜더 한 장을 남기고 리 선수의 카드를 모두 부수거나 봉인했습니다! 이것은 더는 운이나 우연이 아닙니다! 타카츠키 선수의 투사로서의 실력이 리 선수를 웃도는 겁니다! 여기서 승부가 나요!》

중계자가 외쳤다. 그 말대로 이제 승패가 결정된 듯이 보였다.

그래도 리는 끝까지 포기하지 않았다.

"네 이놈…… 네 이노오옴……!"

그 눈이 불이라도 쏠 듯이 흉악한 색을 띠었다. 그와 동시에 미체트는 눈앞의 거대한 뼈, 앙리에타의 위협이 증가하는 것을 느꼈다.

"……뭔가 이상해…… 아키토, 한 장만 남았다고 방심하지 마! 여기서…….

그대로 가볍게 뛰어올라 물구나무를 선 자세로 양손으로 바닥을 짚고 한계까지 힘을 모으기 시작했다. 미체트의 메인 스킬을 위한 준비다. 그에 맞춰 아키토가 다시 스킬 카드를 해방했다.

"OK! 미체트, 메인 스킬……!"

"끝장내자……! 〈블랙 호크 스트라이크〉!!"

그에 맞춰 다시 검은 탄환이 된 미체트가 발사되었다.

목표는 앙리에타의 머리. 일격으로 깨뜨려 이 승부를 끝낸다……!

──그러나. 그 일격이 명중하게 전에 리가 저주를 읊듯이 한 장의 카드를 해방했다.

"광골의 사티바, 어나더 스킬── 〈녹아내려 스러지는 증오의 시〉."

순간. 앙리에타가 노래했다.

"오오오오오오오오!"

두개골을 떨며 슬픔에 한탄하는 듯한 소리를 내자 공기가 떨렸다.

그와 동시에 앙리에타를 감싼 붉은 오라가 증폭되더니, 폭발하는 것처럼 그 몸 주위로 퍼졌다.

"크…… 우오오오옷……!"

그 머리를 노리고 혼신의 블랙 호크 스트라이트를 쓴 미체트.

그러나 놀랍게도 앙리에타가 발하는 그 붉은 충격파에 가로막혀 나아가지도 못하고 서서히 힘을 잃었다.

그리고 완전히 그 움직임이 멎었을 때, 앙리에타의 거대한 손이 미체트의 몸을 강하게 때렸다.

"……우오오오오오오오옷!"

"앗…… 미체트으으으으으으으으!"

아키토가 외쳤다. 미체트의 기계 몸이 이리저리 부서지며 탄환처럼 튕겨 나갔다.

엄청난 기세로 날려간 곳에는…… 콜로세움의 벽!

'안 돼, 저 기세로 충돌하면 미체트가 부서지고 말아……!'

아키토는 필사적으로 달려갔다.

충돌하기 전에 카드로 되돌리지 않으면 미체트는 부서져 버린다.

그러나 달리는 것만으로는 도저히 그것이 가능한 거리에 도달할 수 없다……!

"매직 카드…… 〈단거리 텔레포트〉!"

아키토가 달리면서 카드 하나를 자신에게 사용했다.

매직 카드, 단거리 텔레포트. 사용한 마스터 한 사람을 전방 10미터로 순식간에 이동시키는 카드. 만약을 위해 아껴두었던 비장의 카드다. 달리던 자세 그대로 10미터 앞으로 이동한 아키토. 그래도 날아가는 미체트에게 닿기에는 조금 멀다.

"간다아아아아아아아!"

아키토가 슬라이딩을 하여 파고들어 잠깐이지만 미체트와의 거리를 5미터 이내로 좁혔다.

"……캐치!!"

아키토가 외친 순간. 날아가던 미체트의 몸이 사라져 카드 안으로 돌아갔다.

그대로 시합장 바닥을 모래 먼지를 일으키며 구르면서 필사적으로 카드를 붙들고 있던 아키토는 얼른 손을 확인했다.

"……늦지 않았어……."

미체트는 확실히 카드로 돌아갔다. 넘어진 채 안도하는 아키토. 그때 캐롤이 비명을 지르듯이 통신을 보냈다.

『안 돼요, 마스터! 누구라도 좋으니 일단 방어할 사람을 내보내요!!』

"큭……."

그 말에 아키토의 몸에 전율이 흘렀다. 서둘러 고개를 드니 아키토를 노리고 탄환처럼 돌진하는 적의 마지막 카드, 사티바의 본체가 보였다.

아키토는 미체트를 지키기 위해 다른 동료에게 지시도 내리지 않고 정신없이 달려간 데다 단거리 텔레포트까지 사용하고 말았다. 디펜더인 로미오와의 거리가 생기며 무방비해진 차에 리가 자신의 디펜더를 돌격시켜 최후의 승부에 나선 것이다.

"그렇게 나올 줄 알았어…… 너라면!!"

모든 것은 리의 책략이었다. 아키토가 이상할 정도로 자신의 카드가 부서지는 것을 싫어하는 것은 알고 있었다. 그러나 그런 약점 따위는 건드리지 않아도 이길 수 있다고 자만했었다.

그 결과가 이 꼴이다. 이미 이기든 지든 자신의 평가는 돌이킬 수 없을 만큼 떨어졌을 것이다.

하지만. 그래도.

"그래도 네놈만은 끝장내지 않으면 분이 풀리지 않아……!"

리가 조종하는 대로 사티바가 달려갔다. 손바닥을 쫙 펴고, 무방비한 아키토를 노리고 창처럼 날카롭게 돌진하였다.

"샤아아앗!"

아키토의 LP는 이제 얼마 남지 않았다. 이 일격이 들어가면 끝이다.

넘어진 채였던 아키토가 정신없이 카드 하나를 꺼내 해방의 주문을 외웠다.

"콜······ [붉은 눈의 흡혈 소녀]!"

순간 카드가 빛나며 그 주인이 해방되었다.

그리고 나오자마자 그 카드, 안젤리카가 자신의 몸을 방패 삼아 사티바의 강력한 일격을 몸으로 막았다.

"으아아앗······!"

안젤리카의 입에서 고통에 찬 신음이 흘렀다. 사티바의 손이 배를 깊숙이 찌르고 있었다.

"쳇······ 마지막 한 장인가······!"

"크······ 이런······!"

공격을 막힌 사티바가 혀를 찼다.

반면 안젤리카는 고통에도 지지 않고 양손으로 사티바의 손을 잡아 억지로 빼내고는 한쪽 손톱을 날카롭게 뻗어 공격했다.

"야아아압!"

"큭······!"

사티바가 뒤로 물러나 공격을 피하고는, 착지한 뒤 바로 앞으로 뛰어 안젤리카를 공격했다.

"캬악!"

"윽······!"

그 예리한 손날로 방어하려는 안젤리카의 팔을 찌르며 구멍을 냈다.

서로의 AP가 너무 차이가 나므로, 아키토를 지켜야 하는 안젤리카는 결코 이길 수가 없다.

"안젤리카!"

"괜찮아요……! 제가, 지키겠습니다!"

아키토가 이름을 부르자, 안젤리카는 지금까지 본 적이 없는 단호한 목소리로 대답했다. 그 눈에는 각오가 깃들어 있었다.

'모두가 여기까지 이어온 싸움…… 내가 망칠 수는 없어!'

홀더 안에서 안젤리카는 모두의 싸움을 입술을 깨물면서 지켜보고 있었다.

팜의 용맹한 모습, 요시히코의 반격, 미체트의 싸움, 그리고 로미오의 끈기.

모두 이기기 위해 여기까지 노력했다. 자신이, 마지막에 등장한 자신이 반드시 해내고 말겠다……!

그러나 그런 안젤리카를 사티바가 비웃었다.

"네놈도 흡혈귀…… 아니, 다르군. ……'불량품'인가, 넌."

"무슨…….."

뜻밖의 말에 안젤리카가 순간 겁을 먹었다.

그 순간 사티바가 손날로 힘껏 후려쳐, 안젤리카의 몸을 베었다.

"꺄악……!"

안젤리카가 다시 고통스러운 비명을 질렀다.

그 손에 묻은 안젤리카의 피를 핥으며 사티바가 말을 이었다.

"흡혈귀의 특징을 지닌 카드 중에는 나처럼 진짜 흡혈귀과 너같이 어중간한 게 있지. 너 같은 녀석들은 몸은 약하고, 재생 능력도 낮고 허접하지…… 그리고 무엇보다 흡혈귀로서의 잔학성이 부족해!"

"컥……!"

사티바가 다시 손날을 뻗어 안젤리카의 어깨를 찌르는 바람에 안젤리카가 다시 고통스러워했다.

"불량품 흡혈귀…… 사라져라!"

"으아아앗……!"

사티바가 더욱 힘껏 손을 찔러 넣었다.

그러나 그 순간, 마침내 달려온 요시히코가 외쳤다.

"안젤리카! 지금 도울게요!"

그대로 여기검을 늘여 사티바를 공격했다.

"쳇……!"

사티바는 안젤리카로부터 손을 빼고 점프하여 공격을 피했다.

그러는 동안 뒤따라온 로미오가 요시히코의 옆에 서서 셋이 아키토를 확실히 보호했다.

"삼 대 일이야…… 여기까지다!"

로미오가 외쳤다. 타오메이는 무효화되었고, 남은 카드는 사티바뿐이다.

기습도 실패했으므로 이제 리가 쓸 수 있는 방법은 없는 듯 보였다.

……그러나.

"……멍청이가……!"

리가 사악한 미소를 지었다.

그때 관객석에서 가만히 시합을 지켜보던 멜리사가 참지 못하고 외쳤다.

"안 돼, 아키토! 상대의 목적은 너희를 한 곳에 몰아넣는 거야――!"

그러나 그 말이 끝나기 전에 사티바의 토큰, 앙리에타가 기어오듯이 그 자리에 도달하였고, 사티바가 뛰어올라 그 갈비뼈 안으로 이동했다.

"이런――."

상대의 목적을 눈치챈 아키토가 얼른 외쳤지만 이미 늦었다.

동시에 구속된 채 바닥에 쓰러져 있던 타오메이가 비명을 질렀다.

"기, 기다려 줘! 그 위치에서 하면 나도 휘말려!"

"됐어, 쓸모없는 것…… 넌 이제 필요 없으니 알아서 부서져 죽어라."

"그런……."

리가 승리를 확신하며 다시 스킬 카드를 썼다.

"광골의 사티바, 어나더 스킬…… 〈녹아내려 스러지는 증오의 시〉!"

"오오오오오오!"

앙리에타가 미친 듯이 두개골을 울리며 다시 멸망의 노래를 부르기 시작했다.

**[절화창월 광골의 사티바] 어나더 스킬: 〈녹아내려 스러지는 증오의 시〉**

이 스킬은 메인 스킬로 출현한 토큰이 그 자리에 존재하지 않는 한 사용할 수 없다. 이 토큰을 중심으로 일정 시간, 닿은 상대에게 지속 대미지를 주는 폭발을 계속해서 일으킨다. 이 효과는 성속성을 지닌 대상에게는 위력이 반감된다.

앙리에타의 몸을 휘감은 붉은 오라가 부풀어 오르더니 폭발했다.

"싫어, 싫어…… 꺄아아아아악!"

가장 먼저 휘말린 타오메이의 몸이 오라에 삼켜지더니, 금세 버티지 못하고 튕겨 나갔다.

그 이름대로 닿은 것을 녹여 없애는 붉은 충격파. 아까보다 더욱 광범위하게 퍼진 그 무서운 공격이 아키토 일동에게 도달하려고 했다.

'틀렸어…… 모두 유효 범위에 들어오고 말았어! 이대로는!'

아키토의 머릿속에 전류처럼 생각이 오갔다. 어떻게든 막아내지 않으면 안 된다. 그러지 않으면 전멸이다. 하지만 어떻게?

이 상황에서 최적의 방법이 무엇인지 모르겠다. 그러나 아키토가 대답을 내리는 것보다 먼저, 카드들이 자신이 해야 할 일을 생각하여 각자 움직이기 시작했다.

"오오오옷!"

기합을 넣으며 로미오가 달려갔다. 자신을 방패로 삼아 아군을 지키기 위해서.

"에잇……!"

요시히코는 자신의 여기검을 다시 늘여 그 끝을 앙리에타의 갈비뼈 하나에 휘감았다. 승리할 가능성을 높이기 위해서.

'다들……!'

그런 그들의 움직임이 이끌리듯이 아키토가 스킬 카드를 들었다.

그 카드는…… 로미오의 스킬!

"〈아큐네이온의 대방패!〉!"

순간 로미오의 방패가 빛나며 공격을 모아 뒤에 있는 동료들을 지켰다.

"우오오옷……!"

앙리에타가 내뿜는 붉은 충격이 그 방패를 격렬하게 두드리며 날려 버리려고 했다.

방패 표면이 서서히 녹고, 갑옷이 타들어 갔다. 그래도 필사적으로 버티며 아군을 계속 지켰다.

"바보냐! 그런 효과 시간이 짧은 스킬로 막을 셈이냐!"

리가 외쳤다. 앙리에타의 어나더 스킬은 최대 일 분 가까이 방출을 지속할 수 있다. 리는 아키토가 그렇게 나올 것도 예측하였다.

효과 시간이 끝나면 더는 막을 수가 없다. 카드가 모두 앙리에타의 공격에 노출되어 부서질 것이다. 그러지 않더라도 아키토에게 공격이 닿으면 LP를 잃을 터였다.

이겼다──. 리는 확신했다.

"제길……! 이래서는……!"

반면 아키토는 로미오의 보호를 받으면서 초조해했다. 잠깐 시간을 벌었지만, 이대로 가면 결국 지고 만다. 무언가, 무언가 타개할 수 있는 방도가 없을까!

아무 생각도 나지 않는다. 이제 지는 일만 남았다. 그런데 그때…… 아키토의 눈에 압도적인 파괴의 폭풍 속에서 로미오의 검이 빛을 내뿜고 있는 모습이 들어왔다.

'이것은……?! 아까 사용한 매직 카드의 효과인가……?'

순간 그렇게 생각했지만, 그것만이 아니지 않을까 하는 생각이 들었다. 그 빛이 확실히 아까보다 더욱 커져 있었기 때문이다.

그렇다. 지금까지 신경 쓴 적도 없다. 그런데…… 로미오의 검은 과연 평범한 검일까?

로미오의 카드 이름에는 어둠에 대항한다는 내용이 집요할 만큼 쓰여 있었다.

확인한 적은 없다. 할 기회도 없었다. 그러나 혹시, 그것이야말로…… 로미오의 손에 든 그 검이야말로.

어둠을 베어 내는 성검이 아닐까——.

"……시험해 볼 가치는 있어……! 다들 함께해 줘!"

아키토의 의사가 순식간에 모두에게 전해졌고, 세 카드는 일제히 응답했다.

"해보죠, 마스터……! 가자, 안젤리카!"

"응, 요시히코……!"

요시히코가 손을 뻗자, 안젤리카가 그 손을 잡았다.

그리고 결국 아큐네이온의 대방패 효과가 약해지며 끝나는 시간이 찾아왔다.

"하하하, 쓰레기들이……! 나의 힘에 짓눌려 핏덩어리가 되어라!!"

사티바가 외치며 더욱 힘을 내뿜었다.

그러나 그 순간, 로미오가 자신의 검을 반대로 잡더니 온 힘을 집중했다.

그리고 그것을 내던졌다.

"우오오오오오오오오오오오옷!"

탄환처럼 날아가는 로미오의 검. 성스러운 힘을 지닌 검이 앙리에타의 붉은 충격파를 찢고 사티바를 향해 똑바로 나아갔다.

"뭐라고?!"

뜻밖의 일에 사티바가 놀라 외쳤다. 그리고 그와 동시에 여기검을 앙리에타의 갈비뼈에 연결해 두었던 요시히코가 그것에 의지하여 힘을 주어, 안젤리카를 캐터펄트처럼 힘껏 던졌다.

"가라아아아앗…… 안젤리카!!"

"네!!"

검이 가르며 만들어진 길로 안젤리카가 나아갔다.

"큭……!"

사티바가 로미오의 검을 손으로 막았다. 검은 사티바의 손을 태우면서도 메마른 소리를 내며 튕겨 나가 멀리 날아갔지만, 그것을 쫓듯이 맹렬한 기세로 달려온 안젤리카가 있는 힘을 다해 손톱으로 찔렀다.

"야아아아아압————!"

"으…… 커헉!"

푹, 소리와 함께 손톱이 사티바의 가슴에 박혔다. 사티바의 입에서 절규가 터졌다. 그렇지만 아직 끝나지 않았다.

"……마스터어어어어어!!"

계속해서 힘을 주어 손톱을 밀어넣으며 안젤리카가 외쳤다.

그 잔향이 끝나기 전에 아키토가 기합을 넣으며 카드의 힘을 해방했다.

"안젤리카, 메인 스킬!"

"〈블러드 서커〉!!"

순간 손톱이 사티바의 몸에서 피를 빨아들이기 시작했다.

"으아아아아아악!!"

사티바가 절규했다. 피는 흡혈귀의 힘의 원천이다. 그것을 빼앗기면 버틸 수 없다. 그의 몸이 급격하게 힘을 잃었다.

"젠, 장…… 젠자아아아앙……! 너 같은…… 너 같은 반쪽 흡혈귀 따위에게에에에!"

사티바가 저주하듯이 외쳤다. 모든 힘을 다해 안젤리카의 어깨를 손으로 찔렀다. 그러면서도 고집스럽게 안젤리카의 스킬을 막지는 않았다. 붉은 오라가 여전히 방출되어 안젤리카의 몸을 태웠다.

이렇게 되면 누가 먼저 부서질 때까지 버틸 수밖에 없다.

몸이 찢어질 듯한 고통. 그러나 안젤리카는 결코 손톱을 뽑지 않았다. 오히려 더욱 깊이 찌르며, 안젤리카는 사티바의 얼굴을 노려보며 말했다.

"반쪽이라느니, 흡혈귀가 어떻다느니…… 그런 건 몰라! 나는 그저, 모두와 함께 있고 싶을 뿐…… 그 사람의 도움이 되고 싶을 뿐이야……! 이 마음만은…….."

그리고. 드디어 사티바가 버티지 못하게 된 순간이 찾아왔다.

"이 마음만은⋯⋯ 가짜도, 어중간하지도 않아!"

"그아아아아아아아악!"

절규와 함께 사티바의 몸이 나가떨어졌다. 그의 몸이 입자가 되어 후두둑 떨어지더니 완전히 모습을 감췄다.

"오오오오오오옷!"

동시에 그의 토큰인 앙리에타도 절규하며 무너지더니 이윽고 완전히 사라졌다.

그리고 그 자리에는 고요함만이 남았고, 리의 손에 남았던 마지막 한 장⋯⋯ 사티바가 큰소리를 내며 부서졌다.

"아니⋯⋯. 이럴 수가⋯⋯."

리가 멍하니 중얼거리고는 그 자리에 풀썩 주저앉았다.

콜로세움에서도 최강 클래스의 투사라 불리던 리 옌푸. 그가 훨씬 약할 터인 아키토에게 완벽하게 지고 말았다.

전혀 생각지도 못한 일에 조용해진 콜로세움.

그러나 곧 사람들의 감정이 폭발했다.

《⋯⋯거기까지! 승자⋯⋯ 타카츠키 선수―――――!!》

"와아아아아아아아아아아――――!!"

우레와 같은 함성이 일어 중계자의 목소리가 들리지 않을 정도였다.

"이, 이겼어⋯⋯? 우, 우리가 이긴 건가요⋯⋯?"

안젤리카의 가속을 도운 다음, 여기검으로부터 손을 떼는 바람에 뒤로 날려갔던 요시히코가 벌떡 일어나 믿기지 않는 듯 중얼거렸다.

아키토의 앞에서 필사적으로 참고 있던 로미오도, 보호를 받던 아키토도 같은 표정으로 관객석을 바라보았다.

그러나 이윽고 실감이 되며 하나둘 활짝 웃었다.

"해냈다…… 해냈어! 이겼다고!!"

"해냈어요, 이겼어요, 마스터!"

아키토가 감정을 폭발시키자 얼른 달려온 요시히코가 웃으며 대답했고, 로미오는 작게 미소를 지었다.

"이겼어, 안젤리카! 정말 잘해줬어, 고마……."

그때 안젤리카가 몸이 아픈 것도 개의치 않고 달려와서, 감사 인사를 하려는 아키토의 품으로 뛰어들었다.

"어이쿠……!"

"마스터……! 다행이야, 우리가 해냈어요! 제가 도움이 되었……."

말하면서 울먹이는 얼굴로 아키토의 가슴에 얼굴을 묻었지만, 거기까지 말하다 자신의 행동을 깨닫고 금세 얼굴을 붉혔다.

세상에, 내가 흥분해서 대체 무슨 짓을……!

"죄, 죄송해요……."

안젤리카가 당황하여 몸을 떼려고 했다. 그러나 오히려

아키토가 안젤리카의 어깨로 팔을 둘러 꼭 끌어안았다.

"마…… 마스터?!"

"고마워, 안젤리카……. 모두의 마음을 이어줘서. 정말 고마워."

아키토가 귓가에 속삭이자, 하얀 안젤리카의 피부가 삶은 문어처럼 새빨갛게 물들었다.

거짓말, 이거 혹시 꿈인가……?

──꿈이라도 좋다. 이 순간을 맛볼 수 있다면.

"아차, 그렇지."

그때 아키토가 퍼뜩 깨달았다는 듯 홀더에서 두 카드를 꺼냈다.

"콜!"

그대로 해방 주문을 외우자, 미체트와 팜이 나타났다.

"……언니! 우리가 이겼어요! 신난다아아아아!"

"꺅, 팜…… 응, 이겼어, 우리의 힘으로……!"

"이거 참, 에이스인 내가 마지막에 도움을 받다니……. 미안해, 그리고 고마워. 형제들."

"신경 쓰지 마. 중반은 네가 없었다면 버티지 못했을 테니까. 이것이 팀플레이라는 거야."

"맞아요, 형님! 우리의 승리예요! ……어라, 아니…… 나, 왜 눈물이……. 잠깐만, 진짜 이긴 거 맞죠, 우리……."

"맞아, 이겼어! 너희는 최고였어…… 그래, 최고야!"

팜이 안젤리카에게 뛰어들어 기쁨을 폭발시켰고, 서로 격려하며 미체트가 로미오와 요시히코 사이에서 어깨동무를 했다.

모두의 얼굴에 달성감이 담긴 환한 웃음이 지어졌다.

《자, 정말 대단한 명승부가 되었습니다. 타카츠키 선수 대 리 선수, 제압한 것은 완전히 뒤처진다고 여겨졌던 타카츠키 선수! 온갖 국면에서 밀리는 듯 보였습니다만, 카드 하나하나가 자신의 역할을 다하고 연계하여 정말 희박했던 승리를 보란 듯이 거머쥐었습니다! 훌륭한 승부였습니다. 부디 그들에게 다시 한번 박수를!》

그러자 환호와 박수가 다시 폭발하였고, 사람들이 아키토 팀을 크게 칭찬했다.

아키토의 투사 동료들도 마음껏 기쁨을 폭발시켜 응원과 박수를 보냈다.

그런 아키토 일동을 캐롤이 울먹이며 뚫어져라 쳐다보고 있었다.

"다들 축하해……. 최고의 시합이었어……. 난 모두가 자랑스러워……!"

그리고 마찬가지로 관객석에서 그 광경을 보고 있던 멜리사는 아무 말도 하지 않고, 박수를 치지도 않고, 그저 조용히 지켜만 보고 있었다.

감정을 읽어낼 수 없는 굳은 표정. 그러나 아플 정도로 꽉 쥐고 있던 손을 풀고 지그시 기뻐하는 아키토의 모습을 쳐다보고 있었다.

이렇게 아키토는 리 옌푸와의 시합에 승리하여 콜로세움의 새로운 강호로서 그 이름을 떨치게 되었다.

관객들은 그 뒤로도 흥분하여 이 시합을 말할 것이다.

아키토 일동에게도 이 시합은 잊을 수 없는 싸움이 되었다.

그것은 그들에게 영원히 의미를 지닐 것이다…… 설령 이후에 확실한 이별이 기다리고 있고, 언젠가 이 순간을 모두 잊어버린다고 해도,

관객석을 향해 손을 흔드는 아키토 일동을 칭송하는 목소리는 언제까지고 이어졌다.

**R**

 어둠에 강림한 어둠을 물리치는 백은의 어둠을 베어내는 나이트

나이트는 많은 것을 말하지 않는다. 그저 지킨다, 그것이면 족하다.
나는 최고의 나이트니까. ―― 어떤 나이트.

메인 스킬: (아큐네이온의 대방패)
찰나의 순간, 자신의 DP를 두 배로 하여 주변 적의 공격을 자신의 방패로
끌어들인다. 이 효과가 발동하는 동안 대미지를 입으면 이 카드가 파괴되지는
않지만 쌓인 대미지가 이 카드의 체력을 웃도는 경우, 효과가 종료된 뒤 카드가
파괴된다. 또한 사용 후에 이 스킬을 다시 사용하려면 약간의 룰 타임이
필요하다.

어나더 스킬: ???

**AP3800**

유일무이한 나이트 / 남성

**DP4000**

붉은 눈의 흡혈 소녀

붉은 달이 뜨는 밤, 그녀는 "그것"과 만났다. 비명과 선혈이 밤을 메우고
이윽고 그녀는 눈을 떴다. 암흑 속, 오직 홀로 달라지고 만 자기 자신에게
두려움을 느끼며. ——붉은 눈의 흡혈 소녀

메인 스킬: ???
어나더 스킬: ???

흡혈귀 / 여성

**AP4500**

**DP3800**

 **행성연합군 특수부대 허미트 소속 스피드 스타**

인류 전체의 기계화를 목적으로 하는 「기계승화기구」에 대항하기 위해 결성된 특수부대, 허미트. 그들은 바람처럼 달려가 불꽃처럼 태운다―― 행성연합소속 병사의 기록에서 발췌

메인 스킬: <블랙 호크 스트라이크>
사용 후, 약간의 준비 동작 후, 자신을 탄환 삼아 쏜다.
이때의 위력은 이 카드의 AP에 1000을 더한 것이 된다.

어나더 스킬: ???

사이보그 / 남성

**AP5800**

**DP3000**

 리비도 전사 요시히코

「바보 자식, 헛소리하지 마! 이쪽은 미남이 아니라고! 미움을 받더라도 움직이지 않으면 인생에 좋은 일 따위는 아무것도 생기지 않아! 네가 이런 마음을 알겠냐아아아아아!」—— 미남에게 적반하장으로 구는 요시히코

메인 스킬: <리비도 파워 전개>
사용 후, 그때까지 전투로 강해진 성적 충동에 따라 AP가 상승한다. 이 효과는 사용 후에도 이 카드의 감정에 따라 변동된다.

어나더 스킬: ???

학생 투사 / 남성

AP3200

DP2000

해군 소녀 37호 팜

「다 같이 반드시 살아서 돌아가자. 우리는 아직 아무것도 몰라. 만들어지고, 싸우고, 그저 사라질 뿐인 소모품으로 끝나서는 안 돼」──아스카일 옥쇄전 전야

메인 스킬: ???
어나더 스킬: ???

암즈 걸(海) / 여성

**AP5000**

**DP2000**

AKITO WA CARD O HIKUYO DESU Vol.3
©Ryogo Kawata 2020
First published in Japan in 2020 by KADOKAWA CORPORATION, Tokyo.
Korean translation rights arranged with KADOKAWA CORPORATION, Tokyo.

# 아키토가 카드를 뽑으려고 합니다 3

2023년 12월 15일 1판 1쇄 발행

저        자 | 카와타 료우고
일 러 스 트 | 요우타
옮  긴  이 | 이서연
발  행  인 | 유재옥
이        사 | 조병권
출판본부장 | 박광운
담 당 편 집 | 정지원
편 집 1 팀 | 박광운
편 집 2 팀 | 정영길 조찬희 박치우 정지원
편 집 3 팀 | 오준영 이해빈 이소의
디자인랩팀 | 김보라 박민솔
디지털사업팀 | 박상섭 김지연 윤희진
라이츠사업팀 | 김정미 맹미영 이윤서
영업마케팅팀 | 최원석 박수진 박소연
물  류  팀 | 허석용 백철기
경영지원팀 | 최정연
발  행  처 | (주)소미미디어
인쇄제작처 | 코리아피앤피
등        록 | 제2015-000008호
주        소 | 서울시 마포구 토정로 222, 403호(신수동, 한국출판콘텐츠센터)
판        매 | (주)소미미디어
전        화 | 편집부 (070)4164-3962, 3963  기획실 (02)567-3388
              판매 및 마케팅 (070)8822-2301, Fax (02)322-7665

ISBN 979-11-384-8089-5 04830
ISBN 979-11-384-7813-7 (세트)